Le avventure di Alice nel Paese delle Meraviglie

In vita sua Alice non era mai stata in un tribunale, ma da quello che aveva letto nei libri riusciva lo stesso a raccapezzarsi.

Le avventure di Alice nel Paese delle Meraviglie

Lewis Carroll

Illustrazioni di Fran Parreño

Sommario

Scivola piano la nostra barchetta
nel caldo meriggio dorato,
e spingono i remi senz'alcuna fretta
le braccia con sforzo accorato,
facendo la rotta a dir poco costretta
nel nostro viaggiare beato.

Ah, *Tre*-mendine! In sì languida ora,
sotto un sole da sogno tuonate:
una storia chiedete - una adesso! una ancora! -
e così dal languor mi strappate.
Contro tre la mia lingua ha lottato sinora,
ma alla fine non vi ha sbaragliate.

Imperiosa m'ingiunge or dunque la Prima:
"Comincia, fa' presto: tu sprechi minuti!"
& Secunda interviene, componendo una rima:
"Una storia ripiena di nonsensi arguti!",
mentre Terzia interrompe da prua, lassù in cima,
con strilli di gioia prolungati e acuti.

Finalmente si taccion le tre signorine
per dar corda all'immaginazione:
e già sognan di terre, di fiumi e colline
e d'incontri che danno emozione
tra una bimba e fantastiche creaturine
che non paiono affatto illusione.

Or succede, sapete, che ogni buon narratore
veda il pozzo di idee prosciugarsi
e s'ingegni con voce ormai priva d'ardore
dalla storia un po' ad allontanarsi:
"Riprendiamo più tardi", propone di cuore.
Ma che "È *ora* più tardi!" deve lui ricordarsi,
o si leva di strilli un clamore.

Ecco dunque in che modo alla fine son nati
il Paese delle Meraviglie
e gli eventi che vi sentirete narrati,
dai più grandi fin giù alle quisquilie.
Al tramonto, quel dì, siamo a casa tornati
tra sorrisi e gotine vermiglie.

Oh, Alice, è per te questa giovane storia!
Puoi riporla con cura e con mano gentile
dove i sogni d'infanzia s'intreccian di gloria
in graziose corone di fiori d'aprile,
a serbar così intatta la sacra memoria
di quel tempo lontano e febbrile.

Capitolo 1

Nella tana del Coniglio

Alice cominciava a essere davvero stufa di starsene seduta in riva al fiume insieme alla sorella senza niente da fare. Aveva sbirciato un paio di volte nel libro che lei stava leggendo, ma non c'erano né dialoghi né figure, "e a che cosa serve un libro", pensava, "se non c'è neanche un dialogo o una figura?"

Stava dunque ragionando tra sé (per quanto le riuscisse, perché la giornata caldissima la faceva sentire torpida e sonnolenta) se il piacere di comporre una coroncina di margherite sarebbe valsa la fatica di alzarsi e andare a raccogliere i fiori, quando all'improvviso le sfrecciò accanto un Coniglio Bianco dagli occhi rosa.

Quel fatto non le parve così *straordinario*; né le parve poi così *strano* sentire il Coniglio borbottare "Oh, cielo! Oh, cielo! Arriverò in ritardo!" (In effetti, ripensandoci dopo, le venne in mente che un po' avrebbe dovuto stupirsi, ma in quel momento tutto le sembrò molto naturale.) Quando invece il Coniglio Bianco *tirò fuori dal taschino del panciotto un orologio* e, senza mai smettere di correre, gli lanciò un'occhiata, Alice balzò in piedi, rendendosi conto di non aver mai, ma proprio mai, visto un coniglio con un panciotto

dotato di taschino, e nemmeno con un orologio da tirare fuori. Bruciando di curiosità si diede quindi a rincorrerlo nel prato, e fece appena in tempo a vederlo sparire in una grossa tana sotto una siepe.

A quel punto, senza riflettere un attimo su come avrebbe fatto a tornare indietro, lo seguì.

Per un po' la tana continuava in un lungo cunicolo dritto, ma poi s'inclinava bruscamente: tanto bruscamente che Alice non ebbe il tempo di fermarsi e si ritrovò a precipitare in quello che sembrava un pozzo molto profondo.

O il pozzo era davvero profondo, o lei precipitava davvero lentamente, perché mentre scendeva ebbe tutto l'agio di guardarsi intorno e di chiedersi a che cosa stesse andando incontro. Da principio aguzzò la vista verso il basso, per capire dove sarebbe finita, ma era troppo buio per vederci. Allora si mise a osservare le pareti del pozzo e notò che erano piene di credenze e librerie, e qua e là vide cartine geografiche e quadri appesi ai chiodi. Passando davanti a una mensola prelevò un barattolo: "**MARMELLATA D'ARANCE**", diceva l'etichetta, ma con sua grande delusione constatò che il barattolo era vuoto e, non volendolo mollare per paura di uccidere qualcuno là sotto, mentre proseguiva nella caduta lo riappoggiò su un'altra credenza.

"Beh", pensò quindi, "dopo una caduta come questa ruzzolare giù per le scale non mi farà neanche un po' di paura! A casa penseranno che sono diventata molto coraggiosa! Non mi lamenterò più nemmeno se dovessi scivolare dalla cima del tetto!" (E di questo possiamo stare certi.)

E intanto cadeva, cadeva, cadeva. E se avesse continuato a precipitare *all'infinito*? "Chissà quanti

Passando davanti a una mensola prelevò un barattolo:
"MARMELLATA D'ARANCE", diceva l'etichetta...

chilometri avrò già fatto", disse ad alta voce. "Ormai sarò arrivata da qualche parte vicino al centro della Terra. Vediamo un po', saranno circa seimila chilometri, credo..." (perché dovete sapere che, a scuola, Alice aveva imparato alcune cosette sull'argomento, e anche se questa non era proprio una delle *migliori* occasioni per dar sfoggio della sua erudizione, visto che ad ascoltarla non c'era nessuno, un po' di ripasso faceva sempre bene) "... sì, dev'essere proprio la distanza esatta... e tuttavia mi domando a quale latitudine e longitudine mi trovi adesso." (Alice non aveva la più pallida idea di cosa fossero la latitudine e la longitudine, ma certo le sembravano paroloni molto belli da dire.)

Dopo un po' riprese: "Chissà se a furia di cadere attraverserò *tutta* la Terra! Sarà ben buffo sbucare in mezzo a quelli che camminano a testa in giù! Gli Antipatici, credo si chiamino..." (stavolta era parecchio grata che non ci fosse *nessuno* a sentire, perché la parola non le suonava affatto giusta) "... comunque naturalmente lo chiederò a loro, il nome di quel posto. Mi scusi, signora, questa è l'Australia o la Nuova Zelanda?" (e mentre lo diceva provò a fare un inchino, ma come si fa a *inchinarsi* mentre si precipita nel vuoto? Voi ne sareste capaci?) "Se glielo chiedo però lei penserà che sono proprio una bambina ignorante! No, meglio evitare: magari lo scoprirò leggendo i cartelli."

E intanto cadeva, cadeva, cadeva. Non essendoci nient'altro da fare, presto Alice ricominciò a parlare a voce alta. "Stasera Dinah sentirà moltissimo la mia mancanza, credo!" (Dinah era la gatta.) "Spero si ricordino di darle un piattino di latte per cena. Oh, povera Dinah mia, vorrei tanto che fossi quaggiù con me! Purtroppo non ci sono topi per aria, ma potresti sempre catturare un pipistrello, che in fondo somiglia molto a un topo, non credi? Chissà se i gatti mangiano i pipistrelli, però. Mi domando se è un dato di fatto...” Qui ad Alice venne un po’ sonno, perciò continuò a ripetere trasognata: “È un dato di fatto? È un dato di gatto?” E ogni tanto: “È un gatto di fatto? È un fatto di gatto?” Perché, vedete, non sapendo comunque rispondersi, non importava molto in che ordine formulasse la domanda. A un tratto sentì che ormai si addormentava, e non appena iniziò a sognare si ritrovò a camminare mano nella mano con Dinah, a cui diceva tutta seria: “Dimmi la verità, Dinah, tu hai mai mangiato un pipistrello?” Ma all’improvviso, patapunfete!, atterrò su un mucchio di rametti e foglie secche e la caduta ebbe fine.

Non si era fatta male neanche un po’, perciò un attimo dopo era già in piedi. Alzò la testa per guardare ma lassù era tutto buio, mentre davanti a lei si apriva un nuovo cunicolo, e proprio là vide affrettarsi il

Coniglio Bianco. Non c'era un minuto da perdere! Alice ripartì veloce come il vento e mentre il Coniglio svoltava un angolo lo sentì dire: "Per le mie orecchie e le mie vibrisse, si sta facendo tardissimo!" In quel momento era proprio alle sue spalle ma, appena dietro l'angolo, del Coniglio non c'era già più traccia e Alice si ritrovò in una sala lunga e bassa, illuminata da una fila di lampade che pendevano dal soffitto.

Tutt'intorno a lei c'erano delle porte ma erano chiuse a chiave e, dopo che ebbe percorso un lato e risalito l'altro provandole tutte, Alice si diresse mestamente al centro della sala, chiedendosi come avrebbe fatto a uscire di lì.

D'un tratto vide un tavolinetto a tre gambe, tutto di cristallo. Sopra c'era soltanto una minuscola chiave d'oro e la prima idea che le passò per la mente fu che potesse aprire una delle porte. Ma, delusione!, o le serrature erano troppo grandi o la chiave era troppo piccola, fatto sta che non serviva ad aprirne nessuna. Tuttavia, mentre rifaceva il giro, Alice scoprì una tendina bassa che fino a quel momento non aveva notato e che celava un'altra porticina, non più alta di mezzo metro: infilò la piccola chiave d'oro nel buco della serratura e, con sua grande gioia, era proprio della misura giusta!

L'uscio si apriva su un piccolo cunicolo, non molto più largo della tana di un topo; Alice si inginocchiò per sbirciare e vide il giardino più bello che si possa immaginare. Quanto avrebbe voluto uscire da quella sala scura e camminare tra le aiuole di fiori colorati e le fresche fontane là fuori! Invece non riusciva nemmeno a infilare la testa nella porta, "e anche se ci passasse", pensò sconsolata, "le spalle non ci entrerebbero di sicuro, e quindi... Oh, come vorrei potermi accorciare come un cannocchiale!

E se sapessi da che parte si comincia, credo che potrei anche riuscirci". Perché, vedete, ultimamente le erano capitate tante di quelle cose insolite che Alice iniziava a pensare che pochissime fossero quelle realmente impossibili.

In ogni caso era inutile stare lì ad aspettare davanti alla porticina, quindi tornò al tavolinetto, quasi sperando di trovarci sopra un'altra chiave, o magari un manuale d'istruzioni per rimpicciolire le persone come dei cannocchiali. Invece stavolta ci trovò una bottiglietta ("che di sicuro prima non c'era", osservò subito) con intorno al collo un'etichetta di carta che recitava, stampato in bei caratteri grandi: "**BEVIMI**".

Un ottimo consiglio, quel "**BEVIMI**", ma la piccola e saggia Alice non avrebbe certo ubbidito alla leggera. "Prima voglio controllare se c'è scritto anche 'veleno'", disse, perché aveva letto certi racconti su dei bambini che si erano scottati, o che erano stati mangiati da bestie feroci e altre cose sgradevoli, solo perché si erano *dimenticati* le semplici regole imparate dagli amici. Tipo che se tenevi in mano troppo a lungo un attizzatoio incandescente ti bruciavi, e che se ti facevi un taglio *molto* profondo con un coltello di solito il dito sanguinava; lei, invece, non si era affatto dimenticata che a bere alla leggera da una bottiglia con sopra scritto "veleno" finivi per pentirtene.

In ogni caso su quella bottiglia *non c'era scritto* "veleno", perciò Alice decise di assaggiarne un goccio e, trovandolo molto buono (in effetti sapeva un po' di torta alle ciliegie, crema pasticciera, ananas, tacchino arrosto, caramella mou e pane caldo imburrato), ben presto si era già scolata tutta la bottiglia.

*   *   *   *   *
*   *   *   *
*   *   *   *   *

"Che strana sensazione!" esclamò Alice. "Mi sembra di accorciarmi come un cannocchiale."

E infatti era proprio quello che le stava succedendo: ormai era alta non più di venticinque centimetri, e al pensiero di essere finalmente della misura giusta per entrare dalla porticina in quel bel giardino s'illuminò tutta in viso. Prima, però, attese qualche minuto per vedere se si sarebbe rimpicciolita ancora. L'idea la rendeva un po' nervosa. "Perché, ovviamente", si disse, "potrei finire per estinguermi come una candela. Mi domando che aspetto avrei a quel punto". E cercò d'immaginare che aspetto avesse la fiamma di una candela dopo che si era spenta, perché non ricordava di aver mai visto niente di simile. Di lì a poco, dato che tutto sembrava restare com'era, decise di entrare nel giardino senza perdere altro tempo. Ma, povera lei!, non appena raggiunse l'uscio si rese conto di aver dimenticato la piccola chiave d'oro sul tavolinetto, e quando tornò indietro per prenderla si rese conto di non avere alcuna possibilità di arrivarci. Attraverso il cristallo la vedeva benissimo, quindi le provò tutte per scalare una delle gambe, ma era troppo scivolosa e, quando si fu stancata di provarci, si sedette in preda allo sconforto e scoppiò in lacrime.

"Oh, insomma", si redarguì però subito, "a che serve piangere in questo modo! Ti consiglio di smetterla immediatamente!" Di solito i consigli che si dava erano ottimi (anche se raramente li seguiva) e di quando in quando si sgridava da sola con tale severità da farsi venire i lucciconi agli occhi. Una volta ricordava di avere addirittura cercato di prendersi a scappellotti sulle orecchie per essersi imbrogliata in una partita di croquet che giocava contro se stessa, perché questa strana bambina aveva il vizio di fingersi due persone. "Adesso è inutile fingere di essere due", pensò tuttavia. "Quel che rimane di me basta appena a farne *una*, di persona!"

Non trascorse molto tempo che lo sguardo le cadde su una scatoletta di vetro sotto il tavolino: l'aprì e dentro c'era una torta davvero piccolissima, con sopra la scritta "**MANGIAMI**" in graziosi caratteri di bacche di ribes. "Ma certo che la mangerò", disse Alice. "Se mi farà crescere di nuovo potrò arrivare alla chiave, e se invece mi farà rimpicciolire ancora potrò sgusciare da sotto la fessura della porta, quindi in ogni caso riuscirò a entrare nel giardino e quel che

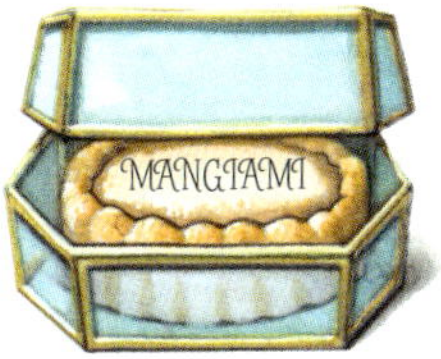

succederà dopo non m'interessa!"

Ne assaggiò dunque un pezzetto; poi, mettendosi una mano in testa per sentire da che parte si muoveva, si chiese ansiosamente: "Cresco o rimpicciolisco? Cresco o rimpicciolisco?" Quale fu la sua sorpresa, dunque, nello scoprire che restava esattamente uguale! In effetti è quel che succede di solito quando si mangia una fetta di torta, ma Alice ormai era così pronta ad aspettarsi cose per cui non si è pronti, che veder proseguire tutto in modo assolutamente normale le parve davvero stupido e noioso.

Perciò si rimise all'opera e, in men che non si dica, finì la torta.

* * * * *

* * * *

* * * * *

Capitolo 2

La pozza di lacrime

"Ah, sempre più stranissimo!" gridò Alice (la sorpresa fu tale che per un attimo si scordò persino della grammatica). "Adesso finisce che mi allungo come il cannocchiale più enorme che sia mai esistito! Addio, piedi!" (Perché, quando abbassò gli occhi a guardarli, erano quasi invisibili da tanto si stavano allontanando.) "Oh, poveretti, mi domando chi mai vi infilerà calze e scarpe adesso, cari piedini! Di sicuro io non ce la farò, sarò troppo lontana per occuparmi di voi: dovrete sbrigarvela da soli, mi dispiace! Comunque bisognerà che non gli manchi di gentilezza", pensò Alice, "o potrebbero smettere di portarmi dove voglio! Vediamo un po'... regalerò loro un paio di stivaletti nuovi ogni anno a Natale".

E continuò a ragionare su come avrebbe fatto questo e quello. "Li manderò per posta", si disse, "e certo sarà buffo spedire dei regali ai piedi! Anche indirizzo e destinatario saranno ben strani!

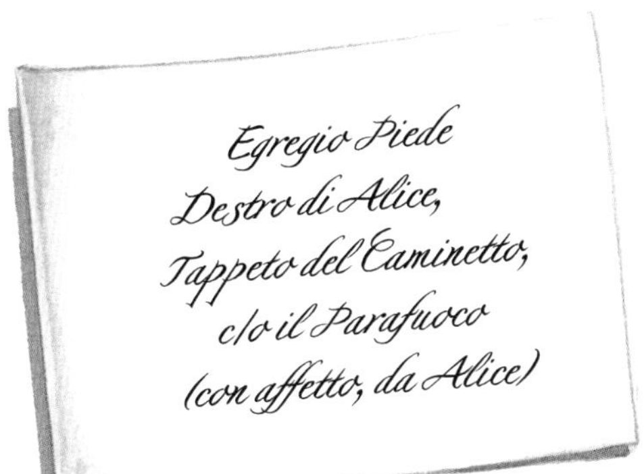

Oh, cielo, ma che sciocchezze sto dicendo?"

In quel preciso istante picchiò la testa contro il soffitto della sala: perché ormai era alta quasi tre metri, e così Alice prese subito la piccola chiave d'oro dal tavolinetto e raggiunse la porta del giardino.

Ma che razza di sfortuna! Più che mettersi sdraiata su un fianco e sbirciare con un occhio dalla serratura non poteva fare, e passare dalla porta era ancora più impossibile di prima. Perciò si sedette di nuovo e ricominciò a piangere.

"Vergognati!" si disse però di lì a un attimo, "una bambina coraggiosa come te", (e aveva ben ragione) "che si mette a piangere in questo modo! Smettila subito, hai capito?" Solo che continuò a piangere lo stesso, e versò litri e litri di lacrime, finché intorno a lei si formò una pozza profonda una spanna che arrivava quasi al centro della sala. Dopo un po', udendo provenire da una certa distanza un

In quel preciso istante picchiò la testa contro il soffitto...

tenue scalpicciar di piedi, si asciugò in fretta gli occhi per vedere di che cosa si trattasse. Era il Coniglio Bianco che tornava vestito elegantissimo, con un paio di guanti bianchi di capretto in una mano e un grosso ventaglio nell'altra. Arrivava trottando di gran carriera e intanto borbottava: "Oh! La Duchessa! La Duchessa! Povero me, sarà furiosa perché l'ho fatta aspettare!" Alice era così disperata che avrebbe chiesto aiuto a chiunque, perciò quando il Coniglio le fu vicino cominciò a mormorare timidamente: "Per piacere, signore..." Ma quello trasalì per lo

spavento, lasciò cadere guanti di capretto e ventaglio e sgambettò via nell'oscurità con tutta la forza che aveva in corpo.

Alice raccolse il ventaglio e i guanti e, poiché nella sala faceva un gran caldo, prese a farsi aria. Intanto diceva: "Santo cielo! Oggi è tutto talmente strano! E pensare che ieri le cose filavano lisce come al solito. Mi domando se non mi abbiano scambiata nottetempo. Allora, fammi pensare: stamattina quando mi sono alzata ero la stessa? In effetti mi sembra di ricordare che un pochino diversa mi sentivo. Ma, se non sono la stessa, allora la domanda diventa: 'Chi sarò mai adesso?' Oh, uffa, è proprio un *gran* pasticcio!"

Perciò si mise a pensare a tutte le bambine di sua conoscenza che avevano più o meno la sua stessa età, per capire se poteva essere stata scambiata con una di loro. "Di sicuro non sono Ada", disse tanto per cominciare, "perché lei ha i capelli boccoluti, mentre io di boccoli non ne ho neanche uno. E sono certa di non essere nemmeno Mabel, perché io so un sacco di cose e lei invece non sa un bel niente! Senza contare che *lei* è lei e *io* sono io, quindi... Oh, cielo, è un tale pasticcio! Dovrò scoprire se so ancora tutte le cose che sapevo. Vediamo un po': quattro per cinque fa dodici, quattro per sei fa tredici, quattro per sette fa... Santa pazienza, di questo passo non arriverò mai a venti! Comunque le tabelline non significano niente: proviamo con la geografia. Londra è la capitale di Parigi e Parigi è la capitale di Roma, mentre Roma... no, è tutto sbagliato, *tutto*! Devono proprio avermi scambiata con Mabel! Vediamo se mi ricordo almeno *Rio Bo...*", e incrociò le mani sulle ginocchia, come se stesse ripassando a voce alta la lezione, ma quando iniziò a parlare la voce le uscì roca e strana e le parole non erano le solite:

"Tre vecchine
dai denti aguzzi,
un frusto cancello,
un torbido ruscello: Rio Bo.
Oh, che inizio sconnesso!

Forse è meglio in cinese, davvero,
o in rima fasulla, ma però...
ma però non si dice, mia bella,
stacci attenta o ti prendi una sberla,
hai capito, adesso..."

"Sono sicura che non sono le parole giuste", disse la povera Alice, mentre per la terza volta gli occhi le si riempivano di lacrime. "Sì, sì, devo proprio essere Mabel e mi toccherà andare a vivere in quell'angusta casetta senza neanche un giocattolo per giocare e, aiuto!, con un sacco di lezioni da studiare! No, no, ho deciso: se sono Mabel, resterò quaggiù! Potranno infilare la testa nel buco finché vogliono e supplicarmi con i loro "Vieni su, da brava!' Ma io mi limiterò ad alzare la testa e a rispondere: 'Sentiamo un po': chi sono? Prima voi me lo dite e poi, se essere quella persona mi piacerà, io verrò su. Se invece non mi piacerà, resterò quaggiù fino a quando non diventerò qualcun altro'. Ma... oh", singhiozzò Alice, scoppiando di nuovo in lacrime, "il fatto è che vorrei tanto che qualcuno la infilasse *davvero* la testa qui sotto! Perché io non ne posso più di stare *da sola*!"

Mentre così diceva si guardò le mani e con stupore scoprì che mentre parlava aveva indossato uno dei guanti bianchi di capretto del Coniglio. "Com'è possibile?" pensò. "Mi sto rimpicciolendo di nuovo, non c'è altra spiegazione." Si alzò e andò al tavolino per controllare dove le arrivava adesso, e scoprì così che, secondo i suoi calcoli, doveva essere alta circa settanta centimetri, solo che continuava a rimpicciolire molto in fretta. Quando capì che all'origine di quel disastro c'era il ventaglio che teneva in mano, lo lasciò andare appena in tempo per evitare di scomparire del tutto.

"Per un soffio!" esclamò Alice, parecchio spaventata dall'improvviso cambiamento, ma molto felice di esserci ancora. "E adesso, in giardino!" disse, e corse difilato alla porticina. Ma, ohibò, era sempre chiusa e la piccola chiave d'oro sempre sul tavolinetto, come prima, "e la mia situazione è addirittura peggiorata", pensò, "perché non ero mai stata così piccola, mai! Ed è proprio una cosa sgradevole, ecco cos'è!"

Mentre pronunciava quelle parole, un piede le scivolò e, splash!, Alice si ritrovò all'istante nell'acqua salata fino al collo. Il primo pensiero fu di essere chissà come caduta in mare, "nel qual caso per tornare indietro posso prendere il treno", ragionò. (Alice era stata al mare una volta sola, ma era giunta alla sommaria conclusione che ovunque sulle coste inglesi dovessero esserci un gran numero di cabine galleggianti, dei bambini intenti a scavare nella sabbia con delle palette di legno, una lunga fila di pensioncine e, dietro a queste, una stazione dei treni.) In ogni caso le occorse poco per capire che si trovava nella pozza di lacrime versate quando misurava quasi tre metri.

"Non avrei dovuto piangere tanto!" disse, nuotando qua e là in cerca di scampo. "Immagino che adesso per punizione ci affogherò dentro! Certo sarebbe una bella stranezza, ma tanto oggi è *tutto* strano!"

Proprio allora sentì sguazzare qualcosa nei paraggi e, sempre nuotando, andò a vedere di cosa si trattava: sulle prime lo credette un ippopotamo o un tricheco, ma poi si ricordò di quanto era piccola adesso e allora capì che invece era un topo scivolato a sua volta nella pozza.

"Che possa servirmi a qualcosa rivolgermi a questo topo?" si chiese. "Quaggiù tutto è talmente fuori del normale che non mi stupirei se fosse capace di parlare. In ogni caso, tentar non nuoce." E così attaccò: "O Topo, conosci per caso la via d'uscita da questa pozza? Sono molto stanca di continuare a nuotare, O Topo!" (Alice era convinta che il modo giusto di rivolgersi a un topo fosse quello: non che lo avesse mai fatto, ma ricordava di aver visto scritto sulla Grammatica Latina di suo fratello "Un topo — di un topo — a un topo — un topo — O topo!") Il topo la guardò con aria abbastanza incuriosita e, pur restandosene zitto, parve strizzarle un occhietto.

"Forse non capisce la mia lingua", pensò Alice. "Sì sì, mi sa che è un topo francese, dev'essere arrivato con Guglielmo il Conquistatore." (Perché, nonostante conoscesse bene la storia, Alice non aveva un'idea chiara di quanto tempo prima fossero successe le cose.) E dunque ricominciò: "Où est ma chatte?" che era la frase con cui iniziava il suo libro di francese. Il Topo fece un balzo fuori dall'acqua, tremando per lo spavento. "Oh, chiedo scusa!" si affrettò a gridare Alice, dispiaciuta di aver ferito i sentimenti del povero animale. "Mi ero scordata che i gatti a voi non piacciono."

"I gatti a noi non piacciono!" strillò il topo con vocetta risentita e acuta. "E a *te* piacerebbero, se fossi me?"

"Beh, forse no", rispose Alice in tono conciliante. "Non si arrabbi, però. Eppure vorrei tanto farle conoscere la nostra Dinah: se solo la vedesse, sono sicura che i gatti comincerebbero a piacerle. È talmente buona e cara..." proseguì Alice quasi tra sé, nuotando pigramente in qua e in là per la pozza. "Se ne sta seduta tutta composta a fare le fusa vicino al fuoco, leccandosi le zampette e lavandosi il muso... ed è così soffice da accarezzare... ed è una vera campionessa nel catturare i topi... Oh, chiedo scusa!" ripeté Alice, perché stavolta il Topo aveva rizzato il pelo e lei era certa che si fosse offeso veramente. "Beh, se non gradisce possiamo anche smettere di parlare di Dinah."

"Possiamo, al plurale!" gridò il Topo, che tremava fino alla punta della coda. "Come se *io* avessi voglia di parlare di un argomento simile! La nostra famiglia ha sempre *odiato* i gatti: creature pericolose, volgari, infide! Non nominarmeli più!"

"Per carità, non lo farò!" disse Alice, quanto

mai desiderosa di cambiare argomento. "E... e i cani le piacciono, invece?" Il Topo non rispose, perciò Alice continuò: "Vicino a casa nostra c'è un cagnolino così grazioso, sarei felice di presentarglielo. Un piccolo terrier dagli occhi vispi, ecco, e con il pelo, oh!, con il pelo marrone, lungo e ondulato! E se gli lanci una cosa corre a prenderla, e quando ha fame si siede sulle zampe posteriori e chiede da mangiare, e sa fare tantissime altre cose... tante che non ne ricordo la metà... e appartiene a un contadino, dice che gli è così utile, che vale anche cento sterline! Dice che uccide tutti i ratti e... Oh, povera me!" esclamò Alice in tono rammaricato. "L'ho offeso di nuovo!" Perché il Topo adesso stava nuotando il più lontano possibile da lei, agitando non poco l'acqua della pozza.

Perciò Alice lo richiamò dolcemente: "Caro signor Topo! La prego, torni qui, non parleremo né di gatti né di cani, se non le piacciono! Promesso!" Nel sentirla dire così, il Topo si girò e riprese a nuotarle lentamente incontro. Era pallidissimo (per la collera, pensò lei) e con voce bassa e tremante le disse: "Forza, usciamo, e in spiaggia ti racconterò la mia storia, così capirai perché odio cani e gatti".

Era proprio ora di andarsene, perché la pozza si stava riempiendo di tutti gli uccelli e gli animali che ci erano caduti dentro: c'erano un Papero e un Dodo, un Lorichetto e un Aquilotto, e molte altre creature insolite. Alice si mise in testa alla fila e tutti insieme nuotarono fino a riva.

Capitolo 3

Una corsa elettorale con una coda niente male

Certo era una combriccola ben strana quella che si riunì sulla riva: gli uccelli con le piume inzaccherate, gli animali con la pelliccia incollata ai fianchi, tutti che gocciolavano a destra e a sinistra, impacciati e di umore storto.

La faccenda più urgente, come ovvio, era

asciugarsi: si consultarono su come fare e in capo a qualche minuto Alice si ritrovò a trattare con loro come se li conoscesse da sempre e come se fosse la cosa più naturale del mondo. In realtà ebbe non poco da discutere con il Lorichetto, che alla fine mise il broncio e tagliò corto: "Sono più grande di te, quindi me ne intendo sicuramente di più", cosa che ad Alice invece non andò giù per niente, anche perché non sapeva quanti anni avesse il Lorichetto e, dato che lui rifiutava ostinatamente di dirlo, alla fine non approdarono da nessuna parte.

A quel punto il Topo, che sembrava dotato di una certa autorità, gridò: "Sedetevi tutti e statemi a sentire! Lo so *io* come faremo ad asciugarci!" E così si misero tutti a sedere in cerchio, con il Topo al centro. Alice lo fissava piena di aspettativa, perché di certo si sarebbe presa un brutto raffreddore se non avesse trovato il modo di asciugarsi in fretta.

"Ehm ehm", attaccò il Topo con aria d'importanza, "siete pronti? Eccovi una cosa asciutta asciutta. Silenzio, per favore! Guglielmo il Conquistatore, che godeva dei favori del Papa, sottomise ben presto gli inglesi, a corto di condottieri e piuttosto abituati, ormai, a lasciarsi usurpare e conquistare. Edwin e Morcar, conti di Mercia e di Northumbria..."

"Uff!" fece il Lorichetto, rabbrividendo.

"Chiedo scusa?" chiese il Topo molto educatamente, ma aggrottando le sopracciglia. "Hai detto qualcosa?"

"Io? No", si affrettò a rispondere il Lorichetto.

"Eppure mi era parso", disse il Topo. "Procediamo: Edwin e Morcar, conti di Mercia e di Northumbria, gli resero omaggio, e perfino Stigand, arcivescovo di Canterbury e patriota, trovò la cosa opportuna..."

"Trovò *che*?" intervenne il Papero.

"Trovò *la cosa*", rispose il Topo, piuttosto contrariato. "Lo saprai bene, che cosa sia una 'cosa'."

"Certo che so bene cos'è una 'cosa', quando la trovo", disse il Papero, "e in genere è un verme o una rana. Ma il punto è: che cosa trovò l'arcivescovo?"

Ignorando completamente la domanda, il Topo riprese senza indugio: "... trovò opportuno recarsi con Edgar Atheling a incontrare Guglielmo per offrirgli la corona. Sulle prime Guglielmo si dimostrò moderato. Ma l'insolenza dei normanni... Come va ora, mia cara?" continuò, girandosi verso Alice senza smettere di parlare.

"Bagnata come prima", rispose lei in tono malinconico. "Non mi sembra di starmi asciugando neanche un po'."

"In tal caso", intervenne solennemente il Dodo, alzandosi in piedi, "propongo la mozione che si proceda all'aggiornamento della seduta e si passi immantinente all'adozione di misure più energiche..."

"Parla come mangi!" strillò l'Aquilotto. "Non ne capisco mezzo, dei tuoi paroloni, e se tanto mi dà tanto non ne capisci mezzo neanche tu!" Dopodiché abbassò la testa a nascondere un sorriso, mentre qualcuno tra gli uccelli ridacchiava senza ritegno.

"Quello che stavo cercando di dire", dichiarò il Dodo in tono offeso, "era che la cosa migliore da fare per asciugarci è una corsa elettorale".

"E che cos'è una corsa elettorale?" chiese Alice. Non che ci tenesse davvero a saperlo, ma il Dodo aveva fatto una pausa come se pensasse che toccasse a *qualcun altro* parlare, solo che nessuno sembrava ansioso di farlo.

"Oh, beh", riprese allora il Dodo, "il modo

migliore per spiegarlo è farla". (E siccome anche a voi potrebbe venir voglia di provarci, magari in una giornata invernale, vi racconterò come procedettero.)

Per prima cosa il Dodo disegnò per terra una specie di cerchio ("la forma esatta non ha importanza", precisò), quindi piazzò i partecipanti tutt'intorno, uno qui, un altro là. Non ci fu nessun "Uno, due, tre: via!": ciascuno poteva iniziare a correre quando gli pareva e smettere quando gli pareva, perciò non fu semplice capire quando la gara ebbe termine. In ogni caso, dopo una mezz'oretta che tutti correvano, e che così facendo si erano ormai abbastanza asciugati, all'improvviso il Dodo gridò "La gara è finita!" e tutti gli si radunarono intorno ansimanti, chiedendo: "Sì, ma chi ha vinto?"

Quella era una domanda a cui il Dodo poteva rispondere solo dopo averci rimuginato sopra

parecchio, e infatti sedette a lungo con la fronte appoggiata a un dito (è la posizione in cui di solito si vede Shakespeare nei ritratti), mentre gli altri aspettavano in silenzio.

Alla fine il Dodo disse: "Hanno vinto *tutti*, perciò tutti avranno un premio".

"E chi li dà i premi?" chiese un coro di voci.

"Beh, *lei*: mi pare naturale", rispose il Dodo indicando Alice, e la combriccola le si affollò intorno strillando in una gran confusione: "Premi! Premi!"

Alice non aveva la minima idea di cosa fare, e nella disperazione s'infilò una mano in tasca e ne estrasse una scatola di confetti (fortunatamente si erano salvati dal sale delle lacrime), che cominciò a distribuire in giro come premi. Ce n'era giusto giusto uno a testa.

"Anche a lei però spetta un premio", disse il Topo.

"Ma certo, che diamine", rispose il Dodo in tono serissimo.

"Che altro hai in tasca?" chiese quindi ad Alice.

"Soltanto un ditale", disse lei tristemente.

"Dammelo qui", le ordinò. Gli altri le si fecero di nuovo intorno, mentre con fare solenne il Dodo le consegnava il ditale dicendo: "La preghiamo di accettare questo elegante ditale", e terminato il breve discorso tutti scoppiarono in un applauso.

Ad Alice la situazione sembrava davvero assurda, ma avevano tutti un'espressione talmente seria che non osò mettersi a ridere e, dato che non le veniva in mente niente da dire, si limitò a fare un inchino e a prendere il ditale nel modo più formale possibile.

Dopodiché si misero a mangiare i confetti, cosa che provocò non poco trambusto, perché gli uccelli più grossi lamentavano di non sentirne nemmeno il sapore e a quelli più piccoli invece andavano per traverso e bisognava prenderli a pacche sulla schiena. A un certo punto comunque la cerimonia finì e tornarono tutti a mettersi seduti in cerchio, pregando il Topo di raccontare qualche altra storia.

"Se ricorda, mi aveva promesso di raccontarmi la sua", disse Alice, "e come mai odia... i C e i G", aggiunse in un sussurro, temendo di offenderlo di nuovo.

"Ah", esclamò il Topo sospirando e girandosi dalla sua parte, "la mia è una storia con una lunga e triste coda!"

"Beh, *lunga* di certo", disse Alice colpita, osservandogli la coda. "Ma perché triste?" E continuò a domandarselo anche mentre il Topo ebbe iniziato a raccontare, di modo che la storia più o meno le arrivò così:

"Un cagnaccio
impazzito
e furioso
disse a
un topo
incontrato
per caso:
"Come osi
coprirmi
d'ingiuria
e pigliarmi
anche pur
per il naso?
Senza indugio
io qui ti
ammanetto
e ti porto
davanti
ai giurati.
Quei
gattacci
ti faranno
a fette
e saranno
a dir poco
spietati:
segne-
ranno
in un
baffo
la sorte
di te,
misero,
graffiato
a mor-
te!"

"Tu non mi ascolti!" il Topo riprese severamente Alice. "Dove hai la testa?"

"Oh, chiedo scusa", fece lei contrita. "Se non sbaglio era arrivato alla quinta curva..."

"Ma ti sembra il modo?" strillò il Topo con voce acuta e parecchio rabbiosa.

"Un nodo?" disse Alice guardandosi intorno, sempre ansiosa di rendersi utile. "Se vuole la aiuto a scioglierlo!"

"Basta così, basta così!" sbuffò il Topo, alzandosi e allontanandosi. "Tu m'insulti con le tue sciocchezze!"

"Ma no! Non volevo, mi creda", lo supplicò la povera Alice. "È che lei si offende con poco!"

Per tutta risposta il Topo grugnì.

"La prego, torni qui a finire la sua storia!" gli gridò lei, e tutti gli altri si unirono in coro: "Sì, sì, per favore, ritorna!"

Ma il Topo scosse la testa cocciuto e allungò in fretta il passo.

"Che peccato che non sia rimasto!" sospirò il Lorichetto, non appena il Topo fu sparito all'orizzonte. E un vecchio granchio ne approfittò per dire alla figlia: "Che ciò ti serva da lezione, mia cara: mai lasciarsi mandare l'umore di traverso!" "Chiudi il rostro, pa' ", ribatté quella, seccata. "Tu lo manderesti di traverso anche a un'ostrica!"

"Oh, come vorrei che ci fosse qui la nostra Dinah!" disse Alice a voce alta, senza rivolgersi a nessuno in particolare. "Ci penserebbe lei ad andare a riprenderlo!"

"E chi sarebbe questa Dinah, se mi è concesso chiedere?" domandò il Lorichetto.

Alice gli rispose di buon grado, perché parlare di lei era una cosa che faceva sempre volentieri. "Dinah è la nostra gatta, e a catturare i topi non la batte proprio nessuno! Se solo la vedesse con gli uccelli, poi! È capace di mangiarsi un uccellino in un baleno!"

Quel discorso seminò parecchia agitazione tra i presenti. Qualche pennuto se ne volò via di gran carriera e una vecchia gazza cominciò a coprirsi per benino, dicendo: "Si è proprio fatto tardi, devo andare o mi prenderò il mal di gola!" Una canarina invece gridò con voce tremula ai suoi piccoli: "Venite, piccini, a quest'ora dovreste essere già a letto!" Con questa o quella scusa, insomma, tagliarono tutti la corda e in men che non si dica Alice si ritrovò da sola.

"Sono stata proprio sciocca a tirar fuori Dinah!" commentò immalinconita. "Quaggiù non sembra stare simpatica a nessuno, e pensare che è la gatta più brava del mondo! Oh, Dinah, chissà se ti rivedrò ancora!" E qui Alice ricominciò a piangere, poverina, perché si sentiva molto, ma molto sola e molto, ma molto giù.

Di lì a poco, comunque, le giunse nuovamente alle orecchie uno scalpicciar di piedi e sollevò la testa tutta ansiosa, quasi sperando che il Topo avesse cambiato idea e stesse tornando indietro per finire la sua storia.

Capitolo 4

La spedizione del Billiettino

Era, invece, il Coniglio Bianco, che si avvicinava zompettando piano e guardandosi intorno con aria preoccupata, come se avesse perso qualcosa. Alice lo sentì mormorare tra sé: "La Duchessa! La Duchessa! Povere le mie zampe! Poveri miei baffi e la mia pelliccia! Mi farà giustiziare, sicuro come un furetto è un furetto! Dove li avrò mai persi? Dove?" Alice immaginò subito che fosse a caccia del ventaglio e dei guanti bianchi di capretto, e siccome era di buon cuore si mise d'impegno a cercarli anche lei, ma non si vedevano da nessunissima parte: da quando aveva attraversato a nuoto la pozza sembrava tutto cambiato e la grande sala con il tavolinetto di cristallo e la porticina erano completamente svaniti.

Quando il Coniglio Bianco scorse Alice intenta a guardarsi intorno le gridò in tono adirato: "Mary Ann, che accipicchia ci fai qui? Torna immediatamente a casa e portami un paio di guanti e un ventaglio! Avanti, muoversi!" Alice ne fu talmente spaventata che partì di corsa nella direzione che il Coniglio le indicava, senza nemmeno tentare di chiarire l'equivoco. "Deve avermi scambiata per la sua cameriera", si disse mentre correva. "Chissà come ci resterà male quando scoprirà chi sono! Prima però gli porterò guanti e ventaglio... ammesso di riuscire a trovarli." E intanto che così ragionava arrivò a una graziosa casetta con una targa d'ottone bella lucida sulla porta. Sopra vi era inciso: "**CONIGLIO B.**". Entrò senza bussare e corse di sopra, sperando di non imbattersi nella vera Mary Ann e di non essere sbattuta fuori prima di avere trovato quel che cercava.

"Certo è una cosa ben strana", pensava intanto, "finire agli ordini di un coniglio! Come minimo poi a casa anche Dinah vorrà dire la sua!" E cominciò a immaginare quel che sarebbe potuto accadere: "Signorina Alice, venga! Dobbiamo prepararci per la passeggiata! – Arrivo, tata, solo un minuto: devo stare di guardia alla tana del topo finché non torna Dinah." "Il guaio è", continuò a ragionare Alice, "che se anche lei si mette a dare ordini a destra e a manca non le permetteranno più di vivere con noi!"

Nel frattempo era entrata in una linda stanzina con un tavolo sotto alla finestra, e su questo (proprio come aveva sperato) c'erano un ventaglio e due o tre paia di minuscoli guanti bianchi di capretto. Alice prese il ventaglio e un paio di guanti, ma mentre si accingeva a uscire lo sguardo le cadde su una boccetta vicino allo specchio. Stavolta niente etichetta con sopra scritto "**BEVIMI**", ma lei tolse lo stesso il tappo e se la portò alle labbra. "Qualcosa succede *sempre*, quando mangio o bevo", si disse, "perciò voglio proprio vedere che effetto mi farà questa. Sono stufa e arcistufa di essere piccola, quindi spero mi faccia tornare grande come prima!"

Infatti fu proprio quel che successe, e anche molto più rapidamente del previsto. Non era ancora a metà della boccetta che si ritrovò con la testa schiacciata contro il soffitto, e per non rompersi l'osso del collo dovette chinarla e starsene lì tutta ingobbita. Riappoggiò subito la boccetta per terra, dicendo: "Basta così, per carità... non voglio crescere ancora... già adesso non so come farò a uscire dalla porta... Oh, come vorrei non aver bevuto tanto!"

Ma era già troppo tardi. Infatti, poverina, continuò a crescere e a crescere, e in men che non si dica dovette mettersi in ginocchio sul pavimento, e un minuto dopo lo spazio non le bastava più neanche così e allora provò a stendersi per terra, con un gomito contro la porta e l'altro piegato intorno alla testa. Ma ancora cresceva, e in un ultimo tentativo disperato infilò un braccio nel buco di una finestra e un piede su per la cappa del camino. "Più di così non posso fare!" esclamò. "Che ne sarà di me?"

Fortunatamente a quel punto il contenuto della boccetta magica aveva esaurito il suo effetto e lei smise di lievitare. Certo era già abbastanza in difficoltà ora e, dato che non sembrava esserci alcun verso di uscire di lì, c'è poco da meravigliarsi che si sentisse tanto infelice.

"A casa si stava molto meglio", pensò la povera Alice, "non continuavi a crescere e a rimpicciolirti e a prendere ordini da topi e conigli. Vorrei quasi non essermi infilata in quella tana... eppure... eppure questa strana forma di vita che c'è qui è interessante! Una volta, quando leggevo le favole, pensavo che certe cose non potessero succedere, invece questa sta succedendo proprio a me! Qualcuno dovrebbe scriverci sopra un libro, eccome se dovrebbe. E quando diventerò grande ne scriverò uno io... anche se in effetti sono *già* grande", aggiunse in tono sconsolato. "Insomma, spazio per diventare *più grande* di così qui non ce n'è!"

"Ma quindi", si chiese poi, "non diventerò neanche *più vecchia*? Da un certo punto di vista sarà una fortuna, non diventare mai vecchia, ma dall'altro vuol dire che avrò sempre un sacco di compiti da fare! E quella sì che sarà una sciagura!"

"Oh, stupida che non sei altro", si rimproverò da sola. "Che compiti vuoi avere da fare, qui? Non c'è spazio per te, figurati per i libri di scuola!"

E così proseguì in quel botta e risposta, prendendo prima una parte e poi l'altra e intavolando proprio una bella conversazione con se stessa, ma dopo un po' da fuori udì provenire una voce e s'interruppe per ascoltare.

"Mary Ann! Mary Ann!" diceva la voce. "Portami subito i miei guanti!" Dopodiché vi fu uno scalpicciar di piedi sulle scale. Alice capì che il Coniglio era tornato a cercarla e, dimentica del fatto che adesso era circa mille volte più grande di lui e dunque non aveva alcuna ragione di temerlo, cominciò a tremare fino a scuotere tutta la casa. Un attimo dopo il Coniglio cercò di aprire la porta d'ingresso, ma siccome si spalancava verso l'interno e il gomito di Alice premeva forte contro l'uscio non ci riuscì. Alice lo sentì borbottare: "Farò il giro ed entrerò dalla finestra".

"Non credo proprio!" pensò lei e dopo aver aspettato di sentirlo arrivare esattamente sotto la finestra, allungò la mano e la richiuse di scatto, come per acchiappare qualcosa. In realtà non acchiappò proprio un bel niente, ma in compenso udì un gridolino e qualcosa che cadeva, poi un rumore di vetri infranti, e ne concluse che il Coniglio doveva essere inciampato in una serra o qualcosa del genere.

Ma ecco giungere una voce rabbiosa — quella del Coniglio, per l'appunto: "Pat! Pat! Dove sei?" A quella ne rispose un'altra, sconosciuta: "Ma qui, naturalmente! A raccogliere mele, vostro onore!"

"Come no, a raccogliere mele!" ripeté il Coniglio, sempre arrabbiato. "Vieni qui, invece!

CONIGLIO B.

Vieni a tirarmi fuori!" (Altro rumore di vetri infranti.)

"E ora dimmi, Pat: che cos'è quella cosa nella finestra?"

"Ma è un braccio, vostro onore, che altro se no?" (*Brazzio*, disse in realtà.)

"Un braccio, eh? Perché tu hai mai visto un braccio di quelle dimensioni, razza di somaro? Occupa l'intera finestra!"

"Ma certo che no, vostro onore, però è un brazzio lo stesso."

"Beh, sia come sia, non deve stare lì: portalo via subito!"

A quel punto vi fu un lungo silenzio, durante il quale Alice riuscì solo a sentire dei bisbigli, tipo: "Ma no che non mi garba, vostro onore, non mi garba proprio per niente!" e "Fa' come ti dico, codardo!" In quel mentre Alice tornò ad aprire la mano e a richiuderla con uno scatto secco nell'aria. Stavolta i gridolini furono due, seguiti da un nuovo rumore di vetri infranti. "Devono esserci tantissime serre, qui intorno!" pensò lei. "Mi domando che cosa combineranno adesso! Quanto a tirarmi fuori dalla finestra, *magari* ne fossero capaci! Non ho nessunissima voglia di restare qui ancora a lungo!"

Per un po' continuò ad aspettare senza sentire altro; poi udì un fracasso di carretti e un gran confabulare di voci. Di quando in quando distingueva una frase: "Dov'è l'altra scala? ... Ma ne ho portata solo una. L'altra ce l'ha il piccolo Bill... Billiettino, portala qui, ragazzo! ... Appoggiatele a quest'angolo... No, prima legatele insieme! Non arrivano neanche a metà... Si fa, si fa, non siate così pignolo... Billiettino, qui! Afferra questa corda ... Ma il tetto reggerà? ... Attenzione a quella tegola smossa! ... Ecco che cade! Occhio alla testa!" (Un forte schianto.) "Chi è stato, eh? ... Ci giurerei che era il piccolo Bill! .... Chi è che dovrebbe calarsi giù per il camino? ... No, io *no*! Va' avanti *tu*! ... Mai e poi mai! ... Tocca a Billiettino andare... Ehi, Billiettino, vieni qui! Il padrone dice che devi calarti dalla canna del camino!"

"Ah! E così questo Billiettino deve calarsi dal camino, eh?" pensò Alice. "Sembra proprio che tocchi fare tutto a lui. Non vorrei proprio essere al suo posto, e poi questo caminetto è così angusto! Forse però a scalciare ci riesco!"

Ritirò il piede più che poteva all'interno della canna e aspettò fino a sentire un animaletto (lì per lì non capì di che cosa si trattasse) che grattava e sgambettava appena sopra di lei. A quel punto, dicendosi "Questo sarà Billiettino", lasciò partire un bel calcio secco e attese di vedere che cosa succedeva.

Per prima cosa sentì un coro di "Eccolo, è il piccolo Bill! Guardate!" Poi udì la voce del Coniglio che diceva: "Voi, laggiù alla siepe: prendetelo!" Poi

ancora silenzio e dopo un po' una confusione di voci: "Reggigli la testa ... Presto, del brandy! ... Non farglielo andare di traverso ... Parla, Billiettino, che ti è successo? Racconta!"

Finalmente si sentì una vocina flebile e acuta ("Questo dev'essere Billiettino", pensò Alice): "Insomma, ecco, non saprei... basta così, grazie, ora va meglio... è che sono un po' frastornato... so solo che all'improvviso qualcosa mi ha colpito, una specie di molla, e mi ha spedito su per il cielo come un razzo!"

"Proprio così, proprio così", fecero gli altri.

"Dobbiamo bruciare la casa!" disse il Coniglio, e a quel punto Alice gridò con tutto il fiato che aveva in corpo: "Provateci, e vi sguinzaglio dietro Dinah!"

Cadde subito un gran silenzio, durante il quale Alice pensò: "Mi domando che cosa combineranno adesso! Se avessero un po'

di sale in zucca, tirerebbero via il tetto". In capo a un paio di minuti però tutti ripresero a muoversi intorno a lei e Alice sentì il Coniglio dire: "Tanto per cominciare, ne basterà una carriola".

"Una carriola *di che*?" si chiese Alice. Ma non restò a lungo nel dubbio, perché di lì a un attimo una pioggia di ghiaino si abbatté contro la finestra, centrandola anche in faccia. "Devo assolutamente fermarli", si disse, e gridò: "Guai a voi se ci riprovate!" Seguì un nuovo silenzio di tomba.

Intanto, e con quale sorpresa!, Alice si accorse che i sassolini caduti per terra lì intorno si stavano trasformando in pasticcini, e così le venne un'idea brillante. "Ne mangerò uno e di sicuro mi farà cambiare taglia, e siccome non può certo farmi diventare ancora più grande, di sicuro mi farà diventare più piccola. Almeno credo." Ingollò dunque un pasticcino e con immensa gioia vide che iniziava subito a rimpicciolire. Non appena ebbe raggiunto la piccolezza giusta per passare dalla porta, corse fuori dalla casa e si ritrovò davanti una folla di uccelli e animaletti in trepidante attesa. Il piccolo Bill, lo sfortunato Lucertolino, stava proprio al centro, sorretto da due cavie che gli somministravano qualcosa da una bottiglia. Nell'attimo stesso in cui apparve tutti le mossero incontro, ma Alice fu lesta a darsela a gambe e in men che non si dica era in salvo nel folto di un bosco.

"La prima cosa che devo fare", si disse vagabondando di qua e di là, "è ritornare della grandezza giusta. E la seconda è ritrovare la strada per quel bel giardino. Sì, credo proprio che sia il piano migliore".

In effetti suonava proprio come un ottimo piano, limpido e semplice da realizzare; l'unica parte difficile era che non aveva la più pallida idea di come fare per metterlo in pratica. E mentre lanciava occhiate ansiose tra gli alberi, un latrato flebile e acuto piovve dall'alto facendole alzare di colpo la testa.

Un enorme cucciolo di cane la osservava con gli occhi tondi e sgranati, e intanto allungava debolmente una zampa per toccarla. "Oh, poverino!" esclamò Alice in tono compassionevole, sforzandosi di emettere un fischio. Ma in realtà aveva una fifa blu e temeva che il cucciolo fosse affamato, nel qual caso avrebbe potuto decidere di mangiarsela a dispetto di tutta la sua compassione.

Senza rendersi conto di quel che faceva, raccolse un bastoncino e lo brandì in direzione del cane, che immediatamente spiccò un balzo nell'aria e, uggiolando di felicità, gli scattò incontro per giocare. Per evitare di finire calpestata, Alice corse a nascondersi dietro un grande fiore di cardo, ma ebbe appena il tempo di fare capolino dalla parte opposta che il cucciolo ripartì deciso verso il bastone, ruzzolando e ritrovandosi pancia all'aria per la smania. Pensando che giocare con lui sarebbe stato come mettersi a giocare con un grosso cavallo da tiro, e temendo di restare travolta dalle sue zampe, Alice tornò a cercare riparo dietro il cardo. Allora il cucciolo si lanciò in una serie di attacchi al bastoncino, muovendo ogni volta qualche passo in avanti per poi arretrare, e sempre abbaiando con voce roca, finché dopo un po' si mise seduto a una certa distanza, col fiatone e la lingua penzoloni, gli occhi socchiusi.

Ad Alice parve il momento giusto per darsi alla fuga

e, via!, scappò fino a ritrovarsi senza forze e col batticuore in un punto dove i latrati del cucciolo la raggiungevano ormai quasi inudibili.

"Peccato, però, perché era proprio un bel cucciolo!" disse tra sé, appoggiandosi a un ranuncolo per riposare e facendosi aria con una foglia. "Sono sicura che mi sarei divertita moltissimo a insegnargli dei giochi, se solo... oh, se solo fossi stata della statura giusta! Povera me, mi ero quasi dimenticata che devo assolutamente tornare a crescere! Vediamo un po'... come potrei fare? Immagino che dovrei bere o mangiare qualcosa, ma la domanda è: che cosa?"

Certo, la domanda era proprio *che cosa*? Alice si guardò intorno; c'erano fiori e fili d'erba, ma nulla che somigliasse alla cosa giusta da mangiare o da bere in quella situazione. Poco distante cresceva invece un grosso fungo, alto più o meno quanto lei, e dopo aver controllato alla base, e da una parte e dall'altra del gambo, e poi dietro, le venne in mente che tanto valeva dare anche una guardatina sopra, giusto per vedere se là c'era qualcosa.

Si sollevò più che poteva sulle punte dei piedi, sbirciando oltre il margine della cappella del fungo, e i suoi occhi incrociarono all'istante quelli di un enorme bruco azzurrino che sedeva là sopra a braccia incrociate, fumando placido un lungo narghilè e infischiandosene bellamente di lei e di tutto il resto.

Capitolo 5

Il consiglio del Bruco

Per un po' il Bruco e Alice restarono a guardarsi in silenzio. Alla fine il Bruco si tolse di bocca il narghilè e le si rivolse in tono pigro e spossato.

"Chi sei... *tu*?" le chiese.

Come inizio di conversazione non era certo

incoraggiante. "Io... Beh, ecco, in questo momento non saprei, signore... cioè, lo *sapevo* stamattina, quando mi sono alzata, ma da allora devo essere cambiata parecchie volte."

"Come sarebbe a dire?" domandò allora il Bruco con aria severa. "Spiegati, per favore, sì..."

"Chiedo scusa, signore, non so proprio come fare a spiegarmi", disse Alice. "Ecco, vede, io non sono io."

"No, non vedo", fece il Bruco.

"Purtroppo non riesco a esprimermi in modo più chiaro", rispose allora educatamente Alice, "perché io stessa non ci capisco niente, e cambiare dimensioni così spesso in una giornata dà il capogiro".

"Nessun capogiro", sentenziò il Bruco.

"Beh, forse non lo sa ancora", ribatté Alice, "ma quando dovrà trasformarsi in crisalide...

perché prima o poi le succederà... e dopo ancora in farfalla... credo proprio che si sentirà strano, capisce?"

"Neanche un po'", disse il Bruco.

"D'accordo, forse voi provate sensazioni diverse", concesse Alice, "ma certo io mi sentirei *molto* strana".

"Tu!" esclamò in tono sprezzante il Bruco. "Chi sei... *tu*?"

Il che li riportava esattamente al punto di partenza. Un po' irritata dai modi secchi e sbrigativi del Bruco, Alice si erse in tutta la sua statura e rispose in tono alquanto solenne: "Credo che prima dovrebbe dirmi chi è *lei*".

"Perché?" fece il Bruco.

Ecco un'altra bella domanda e, poiché non le veniva in mente nessuna buona risposta e il Bruco sembrava in preda a un umore decisamente sgradevole, Alice decise di andarsene.

"Torna indietro!" la chiamò il Bruco. "Devo dirti una cosa importante!"

Beh, se le cose stavano così... Alice si girò e tornò sui suoi passi.

"Cerca di controllarti", fece allora il Bruco.

"Tutto qui?" ribatté Alice, sforzandosi di soffocare la rabbia.

"No", disse il Bruco.

Non avendo nient'altro da fare, Alice pensò che tanto valeva aspettare e che in fondo il Bruco poteva anche avere una cosa davvero interessante da dirle. Per qualche minuto lo vide sfumacchiare imperterrito senza proferire verbo, ma alla fine disincrociò le braccia, si tolse di nuovo il narghilè dalla bocca e disse: "E così pensi di essere cambiata, sì..?"

"Così temo proprio, signore", rispose Alice. "Non riesco più a ricordare le cose come una volta,

Per qualche minuto lo vide sfumacchiare imperterrito senza proferire verbo...

e nemmeno a restare delle stesse dimensioni per dieci minuti di fila!"

"A ricordare *quali* cose, non riesci?" chiese il Bruco.

"Beh, ho cercato di recitare *Rio Bo*, ma mi è venuto fuori tutto sbagliato!" spiegò Alice in tono dispiaciuto.

"Prova con *Oh, Valentino!* allora", disse il Bruco.

Alice incrociò le mani e attaccò:

"Oh, Valentino che in uggia hai l'uovo
e preferisci si schiuda in pulcini,
sappi che anch'io dal mio canto ti approvo
ché sono teneri, lor, poverini!

Mangi le cose che mamma prepara
e sempre uguali ti offre ogni dì:
costano molto, la vita è cara,
comunque la pancia mai fame patì.

Costano, e infatti non serba sorprese
quel silenzioso salvadanaio:
niente monete per far nuove spese,
soltanto uova del vostro pollaio!

All'Epifania la calzetta aspettavi,
con dentro dolci e regali per te,
ma solo in punta qualcosa trovavi:
l'immancabile cocco, il cocco per te!

Poi venne anche marzo e di tra la paglia
si schiuser le uova — che bello, che bello!
E data l'assai pigolante marmaglia
tu libero fosti come un uccello:

come uccello che fugge goloso a cercare,
tra i rovi, le frasche, nell'orto, chissà,
ma niente più uova è costretto a mangiare
e dal mondo s'attende altra felicità."

"Non l'hai detta giusta", commentò il Bruco.
"Non *proprio* giusta, no, mi dispiace", ammise

Alice contrita. "Certe parole mi sono uscite diverse."

"È sbagliata dall'inizio alla fine", sentenziò il Bruco con decisione. Dopodiché seguì un lungo silenzio.

Il primo a romperlo fu di nuovo lui.

"Di che dimensioni vorresti essere?" le chiese.

"Oh, non ho preferenze particolari", si affrettò a rispondere Alice. "Ma mi piacerebbe non cambiarle tanto spesso, capisce?"

"Non capisco, no..." disse il Bruco.

Alice stette zitta: in tutta la vita non le era mai capitato di essere continuamente contraddetta e cominciava proprio a spazientirsi.

"Così sei soddisfatta, sì..?" riprese il Bruco.

"Beh, ecco, veramente mi garberebbe essere *un po' più grande*, signore, se non le spiace", disse Alice. "Sette centimetri e mezzo è una statura ben disgraziata."

"Una statura perfetta, invece!" ribatté stizzito il Bruco, ergendosi in tutta la sua altezza (sette centimetri e mezzo giusti giusti).

"Ma io non ci sono abituata!" protestò la povera Alice, in un tono che spezzava il cuore. E intanto pensava: "Vorrei che queste creaturine non fossero così permalose!"

"Col tempo ti ci abituerai", disse il Bruco. E infilatosi di nuovo il narghilè in bocca, ricominciò a fumare.

Stavolta Alice attese con pazienza che riprendesse a parlare. E infatti, in capo a uno o due minuti, ecco che quello si tolse per la terza volta il bocchino dalle labbra e fatti un paio di sbadigli si diede una bella scrollatina. Quindi scese dal fungo e si allontanò strisciando nell'erba, limitandosi a dire: "Un lato ti fa crescere e l'altro lato ti rimpicciolisce".

"Sì, ma un lato *di che*? E l'altro lato *di cosa*?" pensò Alice.

"Del fungo", chiarì il Bruco, manco gliel'avesse chiesto a voce alta, e nel giro di un baleno era già sparito.

Per un po' Alice rimase a contemplare perplessa il fungo, sforzandosi di capire quali fossero i due lati; ma, trattandosi di una cosa perfettamente tonda, la questione non era affatto semplice. Alla fine spalancò le braccia e lo cinse per quanto la loro lunghezza glielo consentiva, quindi con ciascuna mano ne staccò un pezzetto.

"E adesso quale sarà quello giusto?" si chiese. Poi assaggiò timidamente quello nella mano destra, per scoprirne l'effetto, e in una frazione di secondo batté con violenza il mento contro qualcosa: un piede! Quella trasformazione tanto repentina spaventò moltissimo Alice che, capendo di non avere un minuto da perdere, addentò subito l'altro pezzo. Solo che il mento era così schiacciato contro il piede da impedirle quasi di aprire la bocca. Quando infine riuscì a socchiuderla staccò un piccolo morso dal fungo che teneva nella mano sinistra.

*   *   *   *   *
   *   *   *   *
*   *   *   *   *

"Oh, finalmente mi si è liberata la testa!" esclamò Alice con grande felicità. Ma, tempo un attimo, e quando scoprì di non sapere più dove aveva le spalle la felicità si trasformò in allarme. L'unica cosa che vedeva abbassando lo sguardo era l'immensa estensione del suo collo, che pareva stagliarsi come un gambo sopra un verde mare di foglie lontane.

"Che cosa sarà mai quella roba verde *laggiù*?" si chiese. "E dove saranno finite *le mie spalle*? Oh, e le mie mani: perché non le vedo più?" In realtà mentre parlava le stava agitando, ma senza esito alcuno, tranne un vago tremolio in mezzo alle foglie verdi e distanti.

Poiché non sembrava esserci alcuna possibilità di sollevarle fino alla testa, cercò di chinarla fino alle mani, e fu così che con gioia scoprì di poter snodare il collo senza problema in tutte le direzioni, come un serpente. E infatti era appena riuscita a piegarlo in un grazioso zig-zag e stava per tuffare la faccia tra le foglie, le quali altro non erano che le cime degli alberi sotto cui prima camminava, quando un sibilante fruscio la fece rialzare in tutta fretta: un grosso piccione le era volato addosso e le stava percuotendo forte il viso con le ali.

"Serpente!" le gridò.

"*Non sono* un serpente!" ribatté Alice, indignata. "E lasciami stare!"

"Serpente! Serpente!" ripeté il Piccione, stavolta però in tono meno aggressivo. Poi, sospirando, aggiunse: "Le ho provate tutte, ma non c'è niente che funzioni!"

"Non ho la più pallida idea di cosa stia parlando", disse Alice.

"Ho provato le radici degli alberi, gli argini, le siepi", tirò dritto il Piccione, senza nemmeno considerarla, "ma quei serpenti! Impossibile placarli!"

Alice era sempre più perplessa, ma pensò che tanto valeva lasciar parlare il Piccione finché non avesse finito.

"Come se non fosse già abbastanza faticoso covare le uova", disse quello. "Nossignori, sempre all'erta per colpa di quei serpentacci! Sono tre settimane che non chiudo occhio!"

"Mi dispiace molto per questo inconveniente", disse allora Alice, che cominciava a capirci qualcosa.

"Adesso che mi ero appena sistemato in cima all'albero più alto del bosco", continuò il Piccione quasi in uno strillo, "adesso che pensavo di essermi finalmente liberato di loro, ecco che quelli cominciano a piovere giù dal cielo! Mannaggia ai serpenti!"

"Le ho detto che io *non sono* un serpente!" ribadì Alice a quel punto. "Sono una... sono una..."

"Forza, dillo!" la spronò il Piccione. "*Che cosa* sei? Si vede benissimo che non sai che pesci pigliare!"

"Sono... sono una bambina", disse Alice, anche se in realtà non ne era proprio convinta, visto il numero di cambiamenti che le erano capitati quel giorno.

"Ma fammi il favore!" esclamò il Piccione in tono alquanto sprezzante. "Di bambine nella mia vita ne ho viste parecchie, ma una con un collo così lungo *mai*! No, no, tu sei un serpente, inutile negare! Scommetto che adesso mi dirai che non hai mai mangiato un uovo!"

"L'ho mangiato *eccome*", rispose Alice, che diceva sempre la verità. "Ma le bambine mangiano uova esattamente come i serpenti, sa?"

"Non ci credo", disse il Piccione. "E se è così, significa che anche loro appartengono a una qualche specie di serpente."

L'idea le giungeva così nuova che per un po' Alice non disse più nulla, il che diede al Piccione il tempo di aggiungere: "Eri in cerca di uova, lo so *benissimo*, e se sei in cerca di uova che differenza fa se sei una bambina o un serpente?"

"Una *gran bella* differenza, per me", rispose Alice. "Comunque non sono in cerca di uova, e anche se lo fossi non vorrei certo *le sue*: crude non mi piacciono."

"E allora smamma, perdinci!" sbottò il Piccione in tono contrariato, tornando ad accomodarsi nel suo nido. Alice si sedette alla meglio tra gli alberi, perché il collo continuava a impigliarsi in mezzo ai rami e ogni due per tre doveva fermarsi a sgarbugliarlo. Dopo un po' le sovvenne di avere ancora in mano i due pezzi di fungo perciò, facendo grande attenzione, si mise a sbocconcellare prima uno e poi l'altro, ora crescendo un pochino e ora rimpicciolendo, finché finalmente non le riuscì di fermarsi alla sua statura normale.

Era così tanto che non trovava più la misura giusta che lì per lì si sentì un po' strana, ma nel giro di pochi minuti si era già abituata e aveva ripreso a confabulare normalmente tra sé. "Adesso sì che sono a buon punto! Bei cambiamenti bizzarri, però! Non so mai come sarò tra un minuto! Comunque, adesso che sono delle dimensioni giuste, l'importante è ritrovare quel bel giardino... mi domando solo come fare?" All'improvviso, mentre così ragionava, sbucò in una radura con al centro una casetta alta circa un metro e venti. "Chiunque viva là dentro", pensò, "non

sarà felice di vedermi così grande: di sicuro ci resterebbe secco dallo spavento!" Perciò riprese a sbocconcellare il pezzo di fungo nella mano destra, senza osare avvicinarsi alla casa prima di aver raggiunto un'altezza di venticinque centimetri.

Capitolo 6

Porco e Pepe

Per un po' Alice rimase a guardare la casetta incerta sul da farsi, ma di colpo dal bosco sbucò un valletto in livrea (che fosse un valletto lo dedusse proprio dalla livrea: a giudicare dalla faccia, invece, lo avrebbe detto un pesce), il quale andò a bussare con forza alla porta. Ad aprirgli fu un altro valletto in livrea, con una faccia tonda e grandi occhi da rana: entrambi, notò Alice, sfoggiavano una chioma incipriata e boccoluta. Presa dalla curiosità di scoprire cosa ci fosse in ballo, uscì in punta di piedi dal bosco per origliare.

Il Valletto-Pesce estrasse da sotto il braccio una lettera grossa quasi quanto lui, che consegnò all'altro dicendo in tono solenne: "Per la Duchessa. Un invito per la partita di croquet da parte della Regina". Nel medesimo tono solenne, modificando solo l'ordine delle parole, il Valletto-Rana ripeté: "Da parte della Regina. Un invito alla partita di croquet per la Duchessa".

Dopodiché tutti e due si profusero in un inchino e rimasero impigliati per i boccoli.

A quella scena Alice scoppiò a ridere così forte che dovette rientrare di corsa nel bosco per paura di essere scoperta. E, quando tornò a sbirciare, il

Valletto-Pesce se n'era già andato e l'altro sedeva per terra accanto alla porta, fissando con aria imbambolata il cielo.

Alice si avvicinò timidamente all'uscio e bussò.

"Inutile bussare", disse il Valletto, "e per ben due ragioni. La prima: perché anch'io sono dalla tua stessa parte della porta. La seconda: perché dentro fanno un tale baccano che non ti sentirebbe nessuno". In effetti dall'interno si sentiva provenire un fragoroso misto di urli e di starnuti, e di quando in quando un sonoro trambusto, come quando un piatto o una teiera vanno in mille pezzi.

"Dunque come faccio a entrare?" chiese Alice.

"Bussare avrebbe senso", proseguì il Valletto senza nemmeno considerarla, "se la porta fosse invece *tra* noi. Per esempio, se tu fossi *dentro* potresti bussare e io potrei farti uscire, si capisce". Intanto che parlava continuava a fissare il cielo, e questa per Alice era proprio una cosa maleducata. “Però magari è costretto, chissà”, ragionò. “Con quegli occhi proprio *in cima* alla testa... In ogni caso potrebbe almeno rispondere alle domande. Come faccio a entrare?” ripeté quindi a voce alta.

“Mi toccherà restare seduto qui fino a domani...” borbottò il Valletto.

In quel preciso istante la porta della casa si aprì e un grosso vassoio volò fuori in direzione della testa del Valletto, sfiorandogli il naso e andando a infrangersi contro uno degli alberi alle sue spalle.

“... o anche fino a dopodomani”, proseguì quello imperterrito, come se niente fosse.

“Come faccio a entrare?” chiese Alice, alzando ancora di più la voce.

“*Devi* proprio?” ribatté il Valletto.

"La vera domanda, si capisce, è questa."

Beh, indubbiamente era così, solo che ad Alice non piacque sentirselo dire. "Che mania di discutere sempre hanno queste creature", bofonchiò tra sé. "C'è da uscirne matti!"

Al Valletto parve un'ottima occasione per ribadire il concetto, con qualche piccola variazione sul tema. "Me ne starò seduto qui", disse, "a intervalli, per giorni e giorni".

"Sì, ma *io* che cosa farò?" esclamò Alice.

"Quel che ti pare", disse il Valletto, mettendosi a fischiettare.

"Oh, parlare con lui è del tutto inutile", pensò lei esasperata. "È un perfetto idiota!" Detto fatto, aprì la porta ed entrò.

Si ritrovò in un'enorme cucina piena di fumo. Proprio al centro, su un treppiede, la Duchessa sedeva cullando un neonato; la cuoca invece era china sul fuoco e rimestava in un gran calderone, colmo di quella che sembrava una minestra.

"Deve averci messo troppo pepe!" ragionò Alice tra uno starnuto e l'altro.

In effetti l'aria ne era satura. Persino la Duchessa ogni poco starnutiva; quanto al neonato, un po' starnutiva e un po' piangeva, senza un attimo di tregua. Le uniche due creature che non starnutivano in quella cucina erano la cuoca e un grosso gatto, che se ne stava accoccolato davanti al focolare con un sorriso da orecchio a orecchio.

"Per cortesia", chiese timidamente Alice, perché non sapeva se fosse buona educazione parlare per prima, "potreste dirmi perché il vostro gatto sorride in quel modo?"

"Perché è un gatto del Cheshire", disse la Duchessa, "ecco perché. *Porco*...!"

Quell'ultima parola le uscì con tale violenza

"Deve averci messo troppo pepe!"
ragionò Alice tra uno starnuto e l'altro.

che Alice fece un salto, ma accorgendosi che era rivolta al neonato si armò di coraggio e riprese: "Non sapevo che i gatti del Cheshire sorridessero così. Anzi, non sapevo neanche che i gatti *potessero* sorridere".

"Certo che possono", disse la Duchessa. "Lo fanno quasi tutti."

"Veramente io non so di nessuno", rispose allora Alice in tono educato, piuttosto soddisfatta di avere dato inizio a una conversazione.

"Tu sai ben poco", sentenziò la Duchessa, "e questo è un fatto".

Il tono di quell'osservazione non le piacque per niente, ragion per cui pensò che era meglio cambiare argomento. Mentre si sforzava di trovarne uno nuovo, la cuoca tolse il calderone di minestra dal fuoco e senza perdere tempo prese a scagliare contro la Duchessa e il neonato tutto quello che le capitava a tiro: per primi gli attizzatoi, quindi una pioggia di tegami, piatti e vassoi. La Duchessa non dava segno di accorgersene nemmeno quando la centravano, e il neonato ululava già così forte che era impossibile capire se a fargli male erano proprio quei colpi.

"Per favore, per favore! Stia attenta a quel che fa!" gridò Alice, saltellando in preda allo spavento.

"Il nasino! Il suo *prezioso* nasino!" aggiunse, quando un tegame particolarmente grosso rischiò di portare via il naso al piccolo.

"Se ciascuno badasse agli affari suoi", disse allora la Duchessa con una specie di rabbioso borbottio, "il mondo girerebbe molto più veloce di quanto non faccia".

"Il che non sarebbe certo un vantaggio", commentò Alice, lieta di poter sfoggiare un po' della propria erudizione. "Pensate a cosa succederebbe con il giorno e la notte! Vedete, la Terra impiega ventiquattr'ore a ruotare intorno al proprio asse..."

"A proposito di *asce*", esclamò la Duchessa, "mozzatele la testa!"

Alice guardò preoccupata la cuoca, per vedere se raccoglieva l'invito, ma quella era di nuovo intenta a rimestare nel calderone e non sembrava affatto ascoltare, perciò lei riprese: "Ventiquattr'ore, mi pare proprio. O erano dodici? Non..."

"Basta con queste seccature!" disse la Duchessa. "Non ho mai potuto soffrire i numeri!" E con ciò si rimise a cullare il neonato, cantandogli una specie di ninnananna e dandogli un violento scrollone alla fine di ogni verso:

"Sgrida pure il tuo car pargoletto
e maltrattalo se starnutisce,
lo fa solo per non stare a letto
ma lo sa che così ti stizzisce".

CORO
(a cui si unirono cuoca e neonato):
"Zumpappero-pappero-pappà!"

La Duchessa intonò quindi il secondo verso della canzoncina, sempre continuando a scuotere con violenza il neonato, e tali erano gli strilli di quel poverino che Alice stentò a comprenderne le parole:

"Se mi arrabbio con questo mio pupo,
lo maltratto quando starnutisce,
è che spesso il pepe io sciupo
mentre lui sotto sotto gradisce!"

CORO
"Zumpappero-pappero-pappà!"

"Tieni! Se vuoi puoi cullarlo un po' tu!" le disse in quel momento la Duchessa, lanciandole il neonato senza alcun preavviso. "Io devo andare a prepararmi per la partita di croquet con la Regina", e a passo spedito uscì dalla stanza. La cuoca non perse tempo e le tirò dietro una padella, mancandola per un soffio.

Alice acciuffò il neonato non senza difficoltà, poiché si trattava di una creaturina dalla forma strana, con braccia e gambette che sparavano in tutte le direzioni. "Sembra quasi una stella marina", pensò. Quando lo prese, lo sfortunato russava come una locomotiva e continuava a piegarsi in due e a ridistendersi tutto rigido, sicché per i primi due o tre minuti stringerlo a sé fu l'unica cosa che Alice riuscì a fare.

Non appena ebbe capito come doveva tenerlo per cullarlo (bisognava rigirarlo ben bene in una specie di nodo, quindi reggerlo forte per l'orecchio destro e il piede sinistro perché il nodo non si sciogliesse), decise di condurlo fuori all'aria aperta.

"Se non lo porto via con me", ragionò, "poco ma sicuro tra un paio di giorni ci avrà lasciato la pelle: abbandonarlo qui non sarebbe da assassini?" Pronunciò quelle ultime parole a voce alta e per tutta risposta il fagotto emise un grufolìo (ormai aveva smesso di starnutire). "Non grufolare", gli disse allora lei. "Non mi pare affatto il modo appropriato di esprimersi."

Ma il piccolo grufolò di nuovo e Alice lo guardò in faccia preoccupata, cercando di capire quale fosse il problema. Poco ma sicuro, aveva il naso *molto* all'insù, più come una specie di grugno che come un naso umano; e anche gli occhietti erano estremamente piccoli per un bambino; nel complesso, insomma, l'aspetto di quell'esserino non la tranquillizzò affatto. "Chissà, forse stava solo singhiozzando", pensò, e tornò a esaminargli gli occhi, in cerca di lacrime.

No, niente lacrime. "Se ti stai trasformando in un porcellino", disse tutta seria a quel punto, "non voglio avere niente a che fare con te. Vedi un po' tu!" Lo sfortunato emise un altro singhiozzo (o grugnito, impossibile stabilire con certezza), poi restarono entrambi in silenzio per un po'.

Alice si stava giusto chiedendo "Che ne farò di lui quando tornerò a casa?" quando il piccolo grugnì di nuovo e con tale violenza che lei, spaventata, si costrinse a osservarlo meglio. Stavolta non c'era alcun dubbio: si trattava né più né meno che di un porcellino, e continuare a portarlo in braccio a quel modo era una vera assurdità.

Perciò Alice appoggiò la creatura a terra, e quale sollievo provò nel vederla trotterellare senza tanti drammi nel bosco. "Come bambino", si disse, "crescendo sarebbe diventato davvero bruttissimo. Invece come porcellino sembra proprio grazioso".

Così le venne da pensare ad altri bambini di sua conoscenza che come porcellini avrebbero fatto proprio un figurone e, mentre andava ragionando tra sé "basterebbe sapere come si fa a trasformarli..." si stupì di vedere il Gatto del Cheshire appollaiato qualche metro più in là sul ramo di un albero.

Nel momento in cui anche lui la vide, il Gatto sorrise. Aveva un'espressione benevola, pensò Alice, e ciononostante gli artigli erano *belli affilati* e i denti alquanto numerosi, perciò sentì che era il caso di trattarlo con rispetto.

"Micetto del Cheshire", esordì timidamente, non sapendo se avrebbe gradito. Ma lui si limitò ad allargare ancora di più il sorriso. "Per il momento l'ha presa bene", pensò Alice, e proseguì: "Le spiacerebbe indicarmi la direzione che devo seguire da qui?"

"Molto dipende da dove vuoi andare", rispose il Gatto.

"Oh, non m'importa granché..." fece lei.

"Allora non importa neanche la direzione che seguirai", osservò il Gatto.

"... basta che mi porti *da qualche parte*", aggiunse Alice a mo' di spiegazione.

"Questo non è certo un problema", disse il Gatto. "Devi solo camminare finché non ci arrivi."

In effetti Alice doveva riconoscere che era vero, così provò con un'altra domanda: "Che tipo di gente vive da queste parti?"

"Da *quella* parte", fece il Gatto indicando la direzione con un gesto della zampa destra, "vive un Cappellaio. E da *quella*", precisò, usando l'altra zampa, "vive una Lepre Marzolina. Decidi tu da

Nel momento in cui anche lui la vide, il Gatto sorrise.

chi andare: sono entrambi matti".

"Ma io non voglio finire tra i matti", protestò Alice.

"Peccato, in questo non posso aiutarti", disse il Gatto. "Qui siamo *tutti* matti. Io sono matto. *Tu* sei matta."

"Come fa a sapere se io sono matta?" chiese Alice.

"Devi esserlo per forza", fu la risposta del Gatto, "o non saresti qui".

Ad Alice non sembrava proprio una prova coi fiocchi, tuttavia proseguì: "E lei come fa a sapere di essere matto?"

"Tanto per cominciare", dichiarò lui, "un cane matto non è. Fin qui sei d'accordo?"

"Credo di sì", disse Alice.

"Bene. Quando un cane è arrabbiato", continuò il Gatto, "ringhia, e quando è contento scodinzola. Io invece ringhio quando sono contento e scodinzolo quando sono arrabbiato. Perciò devo essere matto, no?"

"Veramente io le chiamo *fusa,* non ringhi", obiettò Alice.

"Chiamale un po' come ti pare", fece allora il Gatto. "Oggi vai alla partita di croquet della Regina?"

"Mi piacerebbe moltissimo", rispose lei, "ma nessuno mi ha invitata".

"Ci vediamo là", disse il Gatto, e svanì.

Alice non ne fu particolarmente sorpresa, dato che ormai di cose strane ne aveva viste succedere parecchie. E stava ancora fissando il punto in cui si trovava fino a poco prima, quand'ecco che il Gatto ricomparve.

"A proposito, che ne è stato del piccolo?" le chiese. "Mi ero quasi scordato di domandare."

"Si è trasformato in un porcellino", rispose tranquillamente Alice, come se il modo in cui il Gatto si era ripresentato fosse del tutto normale.

"Lo immaginavo", disse lui, e svanì di nuovo.

Alice attese qualche istante per vedere se ricompariva ancora, ma stavolta il Gatto non si materializzò e dopo qualche minuto lei si incamminò dalla parte dove abitava la Lepre Marzolina. "Di cappellai ne ho già conosciuti", pensava a voce alta. "La Lepre Marzolina dev'essere molto più interessante, e forse visto che siamo a maggio non sarà così matta... o non tanto quanto a marzo." Mentre così parlava sollevò la testa e vide di nuovo il Gatto del Cheshire, seduto sul ramo di un altro albero.

"Hai detto porcellino o borsellino?" le chiese.

"Porcellino", rispose Alice. "E preferirei che lei non continuasse ad apparire e scomparire in modo tanto fulmineo: mi dà le vertigini!"

"D'accordo", fece il Gatto, che stavolta svanì molto lentamente, a partire dalla punta della coda per finire con il sorriso, che rimase a galleggiare nell'aria anche dopo che tutto il resto era sparito.

"Caspita!" esclamò Alice. "Di gatti senza sorriso ne avevo visti spesso, ma di sorrisi senza gatto mai! È la cosa più bizzarra che mi sia capitata in tutta la vita!"

Non aveva percorso molta strada che giunse in vista della casa della Lepre Marzolina: doveva essere proprio quella, perché i comignoli erano a forma di orecchie e il tetto anziché di paglia era coperto di pelliccia. Era una casa così grande che Alice non osò avvicinarsi finché non ebbe sgranocchiato un altro pezzetto di fungo dalla mano sinistra e raggiunto i settanta centimetri di statura. Anche allora, comunque, si avvicinò con una certa cautela, ragionando: "E se invece fosse davvero matta da legare? Forse avrei fatto meglio ad andare dal Cappellaio!"

Capitolo 7

Un tè decisamente folle

Sotto un albero davanti alla casa c'era una tavola apparecchiata a cui la Lepre Marzolina e il Cappellaio stavano prendendo il tè. In mezzo era rannicchiato un Ghiro che se la dormiva della grossa e loro lo usavano a mo' di cuscino, appoggiandocisi con i gomiti e chiacchierando al di sopra della sua testa.

"Una circostanza molto scomoda per il Ghiro", pensò Alice. "Ma, dato che dorme, immagino non ci faccia troppo caso."

Benché il tavolo fosse grande, i tre se ne stavano tutti pigiati in un angolo. "Non c'è spazio! Non c'è spazio!" si misero a gridare quando la videro arrivare. "Ma se ce n'è *un sacco*!" rispose Alice indignata, e andò a sedersi in una grossa poltrona in fondo.

"Bevi un po' di vino", le disse allora la Lepre Marzolina in tono incoraggiante.

Alice si guardò intorno, ma sul tavolo c'era soltanto del tè. "Non vedo vino", osservò.

"Perché non ce n'è", fece la Lepre Marzolina.

"Allora non è stato molto educato da parte sua offrirmelo", si arrabbiò Alice.

"Non è stato molto educato da parte tua sederti senza essere invitata", le fece notare la Lepre.

"Non sapevo che il tavolo fosse *suo*", disse allora Alice. "È apparecchiato per ben più di tre persone."

"Dovresti darti una scorciata ai capelli", si intromise il Cappellaio. La osservava da un po' con grande curiosità, ma era la prima volta che apriva bocca.

"Lei invece dovrebbe evitare di fare commenti personali", ribatté Alice in tono piuttosto severo. "È una cosa molto sgarbata."

A quella frase il Cappellaio sgranò gli occhi, limitandosi però a dire: "Cos'hanno in comune un corvo e uno scrittoio?"

"Che bello, ora ci divertiamo!" pensò Alice. "Sono contenta che abbiano cominciato con gli indovinelli... Credo di saperlo", aggiunse poi a voce alta.

"Intendi che pensi di poter scovare la

risposta?" chiese la Lepre Marzolina.

"Esatto", disse Alice.

"Allora dovresti dire quello che intendi", la spronò la Lepre.

"Infatti", si affrettò a rispondere Alice. "Nel senso... nel senso che intendo proprio quello che dico... Insomma, è la stessa cosa, no?"

"Ma neanche per sogno!" dichiarò il Cappellaio. "Sarebbe come dire che 'Vedo quello che mangio', è la stessa cosa che 'Mangio quello che vedo'!"

"Sarebbe come dire", aggiunse la Lepre Marzolina, "che 'Mi piace quello che ho' è la stessa cosa che 'Ho quello che mi piace'!"

"Sarebbe come dire", intervenne il Ghiro, che sembrava parlare nel sonno, "che 'Respiro quando dormo' è la stessa cosa che 'Dormo quando respiro'!"

"Sarà la stessa cosa *per te*", disse il Cappellaio,

e qui la conversazione si arenò e per un po' rimasero tutti zitti, mentre Alice ripensava alle cose che sapeva sui corvi e gli scrittoi, che non erano poi molte.

Il Cappellaio fu il primo a riprendere la parola. "Quanti ne abbiamo oggi?" chiese, rivolgendosi proprio a lei. Aveva estratto l'orologio dalla tasca e lo guardava preoccupato, scrollandolo ripetutamente e portandoselo all'orecchio.

Alice ci pensò su un momento, poi disse: "Quattro".

"Sbagliato di due giorni!" sospirò allora il Cappellaio. "Te l'avevo detto io che il burro non giova agli ingranaggi!" aggiunse quindi, scoccando un'occhiata di traverso alla Lepre Marzolina.

"Era il burro *migliore*", ribatté quella.

"Sì, ma dev'esserci finita dentro qualche briciola", mugugnò il Cappellaio. "Non avresti dovuto spalmarlo con il coltello del pane!"

La Lepre Marzolina prese l'orologio e lo guardò contrariata; poi lo intinse nella tazza di tè e tornò a guardarlo, ma ancora non le venne nulla di meglio di quel che già aveva detto: "Era il burro migliore, giuro".

Alice si era messa a guardare con curiosità da sopra la sua spalla. "Che buffo orologio!" commentò. "Ti dice il giorno del mese, ma non le ore!"

"E perché dovrebbe?" mormorò il Cappellaio. "Il *tuo* orologio ti dice forse l'anno?"

"Certo che no", replicò Alice. "Ma questo perché l'anno resta lo stesso per un sacco di tempo."

"È proprio quel che succede *al mio*", confermò il Cappellaio.

Alice era molto, ma molto perplessa. Quel commento non le sembrava avere alcun senso, eppure il Cappellaio aveva parlato chiaro.

"Credo di non capire", disse allora, il più educatamente possibile.

"Il Ghiro si è riaddormentato", annunciò per tutta risposta il Cappellaio, versandogli sul naso un goccio di tè bollente.

Il Ghiro scosse la testa infastidito e senza neanche aprire gli occhi bofonchiò: "Certo, certo, proprio quel che volevo dire anch'io".

"Allora, hai indovinato l'indovinello?" chiese il Cappellaio, tornando a rivolgersi ad Alice.

"No, mi arrendo. Qual è la risposta?"

"Non ne ho la più pallida idea", disse lui.

"Nemmeno io", gli fece eco la Lepre.

Alice sospirò stancamente. "Credo che invece di insultare il tempo sprecandolo in indovinelli senza risposta potreste fare qualcosa di meglio."

"Se tu lo conoscessi bene come lo conosco io", ribatté il Cappellaio, "non ti salterebbe certo in mente di *insultarlo*!"

"Non capisco che cosa intenda", disse Alice.

"Ovvio che no!" sentenziò il Cappellaio con aria di superiorità. "Scommetto che non gli hai nemmeno mai parlato!"

"Forse", rispose guardinga Alice, "ma quando studio musica devo batterlo".

"Ah, questo spiega tutto!" disse il Cappellaio. "Lui non sopporta di essere battuto. Se invece fossi in buoni rapporti con lui, farebbe qualsiasi cosa per il tuo orologio. Poniamo ad esempio che fossero le nove del mattino e che stessero per cominciare le lezioni: non avresti che da sussurrargli qualcosa, e in un batter di ciglia lui ti manderebbe avanti le lancette! Una e mezza, ora di pranzo!"

("Magari fosse l'una e mezza", bisbigliò tra sé la Lepre Marzolina.)

"Oh, sarebbe certo magnifico", convenne Alice, pensierosa. "Però così non avrei ancora abbastanza fame per mangiare, non crede?"

"All'inizio, forse", rispose il Cappellaio, "ma potresti fare in modo che l'una e mezza durasse quanto vuoi".

"È così che fa lei?" chiese Alice.

Il Cappellaio scosse tristemente la testa. "No, io no. A marzo abbiamo litigato, appena prima che *lei* ammattisse..." Indicò con il cucchiaino la Lepre Marzolina. "È stato al gran concerto della Regina di Cuori, e io dovevo cantare

"Piove piove,
la gatta non si muove...

"Forse la conosci anche tu?"

"Sì, l'ho sentita da qualche parte", disse Alice.

"E poi", riprese il Cappellaio, "va avanti così:

... si prende la teiera,
si dice buonasera!"

Qui il Ghiro si scosse e iniziò a canticchiare nel sonno: 'Si dice buonasera, si dice buonasera, si dice buonasera...' e siccome non si fermava più dovettero dargli un pizzicotto.

"Beh, ero arrivato giusto alla fine del primo verso", disse il Cappellaio, "quando la Regina gridò 'Sta ammazzando il tempo! Tagliategli la testa!'"

"Che razza di selvaggia!" esclamò Alice.

"E da allora", proseguì

il Cappellaio in tono luttuoso, “lui ha smesso di fare quel che gli chiedo! Ormai sono sempre le sei”.

Ad Alice si accese una lampadina. “È per questo che ci sono tanti posti apparecchiati qui a tavola?” chiese.

“Proprio così”, rispose il Cappellaio con un sospiro. “È sempre l’ora del tè e non abbiamo mai tempo di lavare niente!”

“Perciò ogni volta vi spostate, giusto?”

“Esatto”, confermò il Cappellaio, “perché le tazze si sporcano”.

“Ma che cosa succede quando ricominciate il giro?” si azzardò a domandare Alice.

“Cambiamo argomento”, li interruppe la Lepre Marzolina, sbadigliando. “Questo mi ha stufato. Voto che la signorina ci racconti una storia.”

“Purtroppo non ne conosco”, disse Alice, alquanto allarmata dalla proposta.

"Che la racconti il Ghiro, allora!" gridarono i due all'unisono. "Svegliati, Ghiro!" e cominciarono a dargli pizzicotti sui fianchi.

Il Ghiro aprì con calma gli occhi. "Non stavo dormendo", annunciò con voce rauca e fioca. "Ho sentito ogni singola parola che dicevate."

"Raccontaci una storia!" disse la Lepre Marzolina.

"Sì, sì, per favore!" supplicò Alice.

"E vedi di sbrigarti", aggiunse il Cappellaio, "o va a finire che ti riaddormenti prima di finirla".

"Cerano una volta tre sorelline", attaccò allora il Ghiro in tutta fretta, "che si chiamavano Elsie, Lacie e Tillie e vivevano in fondo a un pozzo..."

"E che cosa mangiavano?" domandò Alice, sempre curiosa in fatto di cibi e bevande.

"Mangiavano melassa", disse il Ghiro, dopo averci riflettuto un po'.

"Non credo che mangiassero davvero solo melassa", gli fece gentilmente notare lei. "Si sarebbero ammalate."

"Infatti erano malate", disse il Ghiro. "*Molto* malate."

Alice tentò di immaginare come potesse svolgersi una vita tanto straordinaria ma, non riuscendoci, chiese: "E come mai vivevano in fondo a un pozzo?"

"Prendi un po' più di tè", le disse la Lepre Marzolina, serissima.

"Veramente non ne ho ancora preso", rispose Alice, offesa, "quindi non posso prenderne *di più*".

"Vorrai dire che non puoi prenderne *di meno*", fece il Cappellaio. "Prendere *di più* di niente è facilissimo."

"Nessuno ha chiesto la sua opinione", lo rintuzzò Alice.

"E chi è che adesso fa commenti personali?" ribatté il Cappellaio in tono trionfante.

A quella domanda Alice non seppe cosa rispondere, ragion per cui si servì un po' di tè e prese pane e burro, quindi si girò verso il Ghiro e ripeté la domanda: "E come mai vivevano in fondo a un pozzo?"

Al Ghiro occorse un altro paio di minuti per pensarci, ma alla fine disse: "Era un pozzo di melassa".

"Ma non esiste un pozzo di melassa!" esclamò Alice in preda alla stizza, e subito il Cappellaio e la Lepre Marzolina le fecero segno col dito di tacere e il Ghiro, imbronciato, dichiarò: "Se non sai cosa sono le buone maniere, finiscila tu la storia".

"No, no, la prego, continui!" lo esortò Alice in tono contrito.

"Prometto che non la interromperò più. Anzi,

credo che un pozzo di melassa in effetti ci sia."

"Già, proprio così!" sentenziò infastidito il Ghiro. Che però acconsentì a proseguire: "Le tre sorelline, dunque, stavano imparando a cavar fuori..."

"A cavar fuori cosa?" chiese Alice, dimentica della promessa.

"Melassa", rispose il Ghiro, stavolta senza scomporsi minimamente.

"Voglio una tazza pulita", li interruppe a quel punto il Cappellaio. "Spostiamoci tutti di un posto."

E così fece, imitato dal Ghiro; dopodiché la Lepre Marzolina prese il posto del Ghiro e Alice, un po' svogliatamente, quello della Lepre. Il Cappellaio fu l'unico a trarre vantaggio dallo spostamento, mentre Alice si ritrovò messa decisamente peggio di prima, dato che la Lepre Marzolina si era appena rovesciata il bricco del latte nel piatto. Non desiderando offenderlo di nuovo, cominciò a dire al Ghiro con grande cautela: "Veramente non capisco. Come facevano a cavar fuori la melassa?"

"Se da un pozzo d'acqua si cava fuori l'acqua", disse il Cappellaio, "allora direi che da un pozzo di melassa si può cavar fuori la melassa. O no, cara la mia *stupidina*?"

"Ma loro nel pozzo ci stavano *dentro*", obiettò Alice, preferendo ignorare quell'ultima osservazione.

"Certo che sì", disse il Ghiro. "Ci stavano dentro, l'ho ben detto."

Quella risposta confuse Alice a tal punto che per un bel pezzo lo lasciò continuare senza più interromperlo.

"Stavano imparando a cavar fuori..." riprese il quindi il Ghiro sbadigliando e sfregandosi gli occhi, perché gli stava venendo un gran sonno, "... a cavar fuori di tutto... cose che iniziano per M..."

10/6

"Perché per M?" volle sapere Alice.

"E perché no?" disse la Lepre Marzolina.

Alice si ammutolì.

Il Ghiro ormai aveva chiuso gli occhi e stava partendo per un bel sonnellino, ma fu svegliato da un pizzicotto del Cappellaio. Con uno squittio riprese: "... che iniziano per M, come marchingegni, museruole, minareti, memorie... come sai, si dice spesso 'cavar fuori dalla memoria'... hai mai cavato fuori melassa dalla memoria?"

"Beh, ecco, questa domanda", disse Alice, confusa più che mai, "davvero non credo che..."

"Perché non taci, allora?" esclamò il Cappellaio.

Un'uscita tanto maleducata era davvero più di quanto potesse sopportare: indignata, Alice balzò in piedi e se ne andò. Il Ghiro si addormentò all'istante e nessuno dei presenti badò minimamente al fatto che si era allontanata, anche se lei un paio di volte si girò a guardare nella loro direzione, quasi sperando che la richiamassero. Per ultimo li vide mentre cercavano di infilare il Ghiro nella teiera.

"Tanto io là non ci torno *più*!" si disse, riprendendo il sentiero nel bosco. "È il tè più stupido a cui abbia mai partecipato in vita mia!"

Proprio mentre si sfogava così, notò che in uno degli alberi c'era una porticina. "Una cosa molto curiosa!" pensò. "Ma oggi è tutto curioso. Probabilmente mi conviene entrarci subito." E così fece.

Di colpo Alice si ritrovò nella grande sala, vicino al tavolinetto di cristallo. "Stavolta non sarò così ingenua", disse, e tanto per cominciare prese la piccola chiave d'oro e aprì la porticina che conduceva in giardino. Quindi si mise d'impegno a rosicchiare il fungo (ne aveva conservato un pezzo in tasca), fino a ritrovarsi alta circa trenta centimetri. A quel punto percorse il minuscolo passaggio e *finalmente* si ritrovò nello splendido giardino, tra aiuole di fiori e fresche fontane.

Capitolo 8

La partita a croquet della Regina

All'ingresso del giardino cresceva una grande pianta di rose: le rose erano bianche, ma tre giardinieri erano impegnati a dipingerle di rosso. Incuriosita, Alice si avvicinò a guardarli e, proprio in quel momento, sentì uno di loro che diceva:

"Ehi, fai attenzione, Cinque! Mi stai schizzando tutto di vernice!"

"Non è colpa mia", replicò il Cinque risentito. "Sette mi ha urtato il gomito."

Al che il Sette alzò la testa e disse: "E bravo Cinque! Sempre a dare la colpa agli altri!"

"*Tu* è meglio che stai zitto!" esclamò il Cinque. "Proprio ieri ho sentito la Regina dire che meriteresti che ti tagliassero la testa."

"E perché?" fece quello che aveva parlato per primo.

"Non sono affari tuoi, Due!" disse il Sette.

"Oh, sì, eccome", ribatté il Cinque. "E glielo spiego anche: invece delle cipolle hai portato alla cuoca i bulbi di tulipano!"

Il Sette scaraventò via il pennello e aveva già cominciato a lamentarsi: "Ah, di tutte le ingiustizie..."

quando si accorse di Alice che li osservava e subito si zittì.

Anche gli altri si voltarono e tutti fecero un profondo inchino.

"Per favore, posso chiedervi", esordì Alice un po' intimidita, "perché state dipingendo quelle rose?"

Il Cinque e il Sette non dissero nulla, ma guardarono il Due. A bassa voce, il Due attaccò: "Vede, signorina, il fatto è che qui doveva esserci una pianta di rose *rosse*, ma per sbaglio ne abbiamo piantata una di rose bianche, e se la Regina se ne accorge ci fa tagliare la testa a tutti quanti. Quindi, come vede, signorina, ci stiamo dando da fare prima che lei arrivi per..." In quel momento il Cinque, che continuava a lanciare sguardi ansiosi in fondo al giardino, gridò: "La Regina! La Regina!" e i tre giardinieri si buttarono subito faccia a terra. Si sentì

un gran rumore di passi e Alice si voltò, impaziente di vedere la Regina.

Prima spuntarono dieci soldati armati di bastoni, tutti della stessa forma piatta e rettangolare dei tre giardinieri, con mani e piedi ai quattro angoli. Dietro di loro venivano dieci cortigiani: erano adornati con quadri dalla testa ai piedi e marciavano in fila per due, come i soldati. Poi venivano i dieci principini: quei tesorucci saltellavano festosi a coppie, mano nella mano, tutti ricoperti di cuori. Seguivano gli ospiti, per lo più re e regine.

Tra questi Alice scorse il Coniglio Bianco, che parlando concitato e sorridendo nervosamente a ogni pié sospinto, le passò accanto senza farle caso. Poi comparve il Fante di Cuori, che reggeva la corona del Re su un cuscino di velluto cremisi; infine, a chiudere il maestoso corteo giunsero il **RE E LA REGINA DI CUORI.**

Alice era incerta se prostrarsi anche lei come i tre giardinieri, ma non ricordava di aver mai sentito menzionare un simile rituale al passaggio di un corteo; "e poi, a che serve sfilare in corteo", pensò, "se la gente deve starsene con la faccia a terra senza neanche vederlo?" Perciò rimase ferma dov'era, in attesa. Quando il corteo le fu proprio davanti, tutti si fermarono di colpo a guardarla, e la Regina chiese arcigna: "E quella chi è?" Il Fante di Cuori, a cui era indirizzata la domanda, si limitò a inchinarsi con un sorriso.

"Idiota!" disse la Regina, scuotendo la testa spazientita; e, rivolta ad Alice, proseguì: "Come ti chiami, cocca?"

"Mi chiamo Alice, a Vostra Maestà piacendo", rispose Alice con la dovuta creanza, ma dicendo tra sé e sé: "Insomma, dopo tutto si tratta solo di un mazzo di carte! Non è il caso di avere paura!"

"E *quelli* chi sono?" disse la Regina indicando i tre giardinieri che continuavano a starsene prostrati accanto alla pianta di rose.

Il fatto è che, finché restavano a faccia in giù, era impossibile sapere se fossero giardinieri, soldati, cortigiani o magari figli suoi, perché il disegno sulla schiena era identico per tutto il mazzo!

"E io che ne so?" disse Alice, sorpresa del suo stesso coraggio. "Non sono affari miei."

La Regina diventò paonazza di rabbia e, dopo averla fissata un istante con aria truce, sbraitò: "Tagliatele la testa! Tagliatele..."

"Sciocchezze!" ribatté Alice a voce alta e decisa, e la Regina ammutolì.

Il Re allora le posò la mano sul braccio e timidamente disse: "Sii comprensiva, mia cara, è solo una bambina!"

In preda alla stizza, la Regina si ritrasse e ordinò al Fante: "Voltali!"

Il Fante obbedì, rigirandoli delicatamente con la punta della scarpa.

"In piedi!" strillò la Regina, e i tre giardinieri balzarono su all'istante e s'inchinarono al Re, alla

Regina, ai principini e a tutti quanti.

"Smettetela!" sbraitò a quel punto la Regina. "Mi fate girare la testa!" Poi, notando la pianta di rose, continuò: "Che cosa stavate combinando qui?"

"A Vostra Maestà piacendo", disse il Due umilmente e piegando un ginocchio fino a terra, "cercavamo di..."

"Lo *vedo*!" disse la Regina che nel frattempo aveva esaminato le rose. "Tagliategli la testa!" e il corteo si rimise in marcia, tranne i soldati rimasti indietro per giustiziare gli sventurati giardinieri, i quali corsero da Alice in cerca di protezione.

"Nessuno vi decapiterà!" disse lei, e li nascose in un grande vaso di fiori lì vicino. I tre soldati li cercarono in lungo e in largo per un paio di minuti poi, non trovandoli, tornarono tranquillamente ad accodarsi agli altri.

"Le teste son saltate?" urlò la Regina.

"Andate, a vostra Maestà piacendo!" gridarono i soldati in coro.

"Bene!" gridò la Regina. "Sai giocare a croquet?"

I soldati guadarono in silenzio Alice, perché la domanda era chiaramente rivolta a lei.

"Sì!" esclamò Alice.

"Muoviti allora!" strepitò la Regina, e Alice si unì al corteo, curiosissima di vedere cosa l'aspettava.

"G-giornata incantevole!" disse timidamente una vocina al suo fianco. Era il Coniglio Bianco, che la sbirciava di sottecchi, in ansia.

"Incantevole davvero", disse Alice. "E la Duchessa dov'è?"

"Shh! Shh!" si affrettò a bisbigliare il Coniglio, guardandosi intorno preoccupato. Poi, sollevandosi in punta di zampe, avvicinò la bocca all'orecchio di Alice e sussurrò: "È stata condannata a morte".

"Che ha combinato?" chiese lei.

"Hai detto 'che peccato'?" chiese il Coniglio.

"Proprio no", disse Alice. "Non penso affatto che sia un peccato. Ho detto: 'che ha combinato'?"

"Le ha cantate alla Regina..." spiegò il Coniglio. Alice soffocò una risatina. "Shh! Zitta!" bisbigliò il Coniglio, terrorizzato. "O la Regina ti sentirà! Sai, siccome la Duchessa era arrivata in ritardo, la Regina le ha detto..."

"Ai vostri posti!" tuonò in quel mentre la

Regina, e tutti si misero a correre a destra e a sinistra, in un gran parapiglia generale. Ma di lì a pochissimo, ognuno fu al proprio posto e la partita ebbe inizio.

In vita sua Alice non aveva mai visto un campo da croquet così stravagante, tutto solchi e cunette; le palle erano porcospini vivi e le mazze fenicotteri, anche loro vivi. I soldati, poi, dovevano chinarsi in avanti fino a toccare terra con i palmi, per formare gli archetti delle porte.

All'inizio la cosa più difficile per Alice fu destreggiarsi con il fenicottero: non aveva troppi problemi a tenerlo stretto sottobraccio, con le zampe penzoloni, ma non appena riusciva a raddrizzargli per bene il collo e a posizionare la testa per assestare un colpo al porcospino, quello si rigirava a guardarla in faccia con un'espressione così perplessa che lei

non poteva impedirsi di scoppiare a ridere. E, dopo essere riuscita a rimetterlo a testa in giù, pronta a riprovarci, si accorgeva con sommo disappunto che nel frattempo il porcospino si era srotolato e stava già zampettando via. Come se non bastasse, lungo la traiettoria dove intendeva spedirlo, c'era sempre una buca o una cunetta, e siccome le porte continuavano a raddrizzarsi e a riposizionarsi qui e là per il campo, Alice giunse ben presto alla conclusione che quel gioco era veramente troppo complicato.

I giocatori tiravano tutti insieme, senza aspettare il proprio turno, bisticciando in continuazione e disputandosi i porcospini; in men che non si dica la Regina, travolta dalla passione del gioco, si era messa a girare per il campo pestando i piedi e sbraitando a più non posso: "Tagliate la testa a quello lì!", "Tagliate la testa a quella là!"

Alice cominciava a sentirsi parecchio a disagio. È vero che per adesso non aveva avuto nessuno scontro diretto con la Regina, ma sapeva che poteva succedere da un momento all'altro "e allora", pensava, "che ne sarà di me? Da queste parti hanno la mania di decapitare la gente, anzi, è un miracolo che ci sia ancora qualcuno con la testa sulle spalle!"

Si stava guardando intorno alla ricerca di una via di fuga, chiedendosi se ce l'avrebbe fatta a svignarsela senza farsi notare, quando avvertì qualcosa di strano materializzarsi nell'aria. Lì per lì restò abbastanza perplessa, ma dopo essersi concentrata ben benino distinse chiaramente un sorriso e si disse: "Ah, è il Gatto del Cheshire, finalmente qualcuno con cui fare due chiacchiere".

"Come va?" disse il Gatto non appena ebbe bocca a sufficienza per parlare.

Alice aspettò di vedere apparire anche gli occhi, quindi gli rivolse un cenno del capo. "È inutile parlargli finché non gli spuntano le orecchie", pensò. "Se non tutt'e due, almeno una." Di lì a poco apparve la testa intera, allora Alice posò il fenicottero e attaccò a fare un resoconto della partita, tutta contenta che qualcuno la ascoltasse. Ma evidentemente il Gatto doveva ritenere di essersi mostrato quanto bastava, perché più di così non si materializzò.

"Secondo me non giocano in modo leale", si lamentò Alice, "e poi litigano e fanno un tale schiamazzo che uno non riesce neanche a sentire la propria voce... e poi non ci sono regole precise, e anche ammesso che ce ne siano, nessuno le rispetta... e non hai idea della confusione che si crea con tutti questi arnesi vivi. Guarda l'archetto sotto cui dovrei far passare la palla adesso, per esempio: se la sta filando in fondo al campo! E un momento fa stavo per centrare il porcospino della Regina, ma quello, vedendo arrivare il mio, ha tagliato la corda!"

"Ti piace la Regina?" chiese il Gatto sottovoce.

"Per niente", disse Alice. "È così..." Accorgendosi che però era proprio dietro di lei, e in ascolto, continuò: "... brava che non vale la pena di finire la partita, tanto ha già vinto comunque".

La Regina sorrise e passò oltre.

"Con chi stai parlando?" domandò il Re avvicinandosi ad Alice e guardando con grande curiosità la testa del Gatto.

"È un mio amico... Un gatto del Cheshire", rispose Alice. "Permettetemi di presentarvelo."

"Ha un aspetto che non mi piace per niente", disse il Re, "ma può baciarmi la mano, se vuole".

"Non ci tengo", dichiarò il Gatto.

"Non fare l'impertinente", disse il Re, "e non guardarmi in quel modo!" Intanto, mentre parlava, era andato a mettersi dietro Alice.

"Anche un gatto può guardare un re", disse lei. "L'ho letto da qualche parte, ma non so più dove."

"A ogni modo, bisogna toglierlo di mezzo", tagliò corto il Re e alla Regina, che passava in quel momento, gridò: "Mia cara, ti spiacerebbe far sparire questo gatto?"

La Regina conosceva un solo modo per risolvere i problemi, grandi o piccoli che fossero. "Tagliategli la testa!" esclamò senza nemmeno voltarsi.

"Andrò io stesso a chiamare il boia", disse prontamente il Re, e si allontanò a passo spedito. Alice pensò che tanto valeva tornare ad assistere alla partita: in lontananza si sentiva la Regina strepitare come un'ossessa. L'aveva già sentita condannare a morte tre giocatori che avevano saltato il loro turno e non le piaceva come si stavano mettendo le cose: la partita cra talmente confusa che non capiva mai se toccava a lei oppure no. Quindi andò in cerca del suo porcospino.

Questo era impegnato in un corpo a corpo con un altro porcospino e ad Alice parve una magnifica occasione per centrarne due con un tiro solo. Peccato che il suo fenicottero se ne fosse andato dall'altra parte del giardino e stesse tentando invano di volare in cima a un albero.

Nel tempo che ci volle per recuperare il fenicottero e riportarlo indietro, i porcospini avevano smesso di azzuffarsi ed erano scomparsi. "Non fa niente", pensò Alice, "tanto anche le porte si sono spostate tutte nell'altra metà campo". Così, con il fenicottero ben stretto sottobraccio per evitare che scappasse, tornò indietro a fare altre due chiacchiere con il suo amico.

Ma, radunata intorno al Gatto del Cheshire, ebbe la sorpresa di trovare un gran folla: tra il boia e il Re e la Regina, che parlavano tutti insieme, era in corso un'accesa discussione, mentre gli altri se ne stavano zitti e avevano l'aria parecchio imbarazzata.

All'arrivo di Alice i tre si appellarono subito a lei per dirimere la questione. Ciascuno le illustrò le proprie ragioni, ma siccome parlavano tutti insieme le fu difficile capire esattamente che cosa dicessero.

Il boia sosteneva che è impossibile tagliare una testa se non è attaccata a un corpo: in tutta la vita non gli era mai toccato di dover fare una cosa del genere e non intendeva certo cominciare alla sua età.

Il Re sosteneva che qualunque testa poteva essere decapitata ed era inutile stare a sottilizzare.

La Regina strillava che, se non si arrivava subito a una decisione, avrebbe fatto tagliare la testa a tutti, nessuno escluso. (Era stata quest'ultima affermazione a seminare sgomento tra i presenti.)

Ad Alice non venne in mente niente di meglio da dire che: "Il Gatto appartiene alla Duchessa: fareste meglio a sentire lei".

"La Duchessa è in prigione. Portamela qui", ordinò la Regina al boia. E il boia schizzò via come un fulmine.

In quell'istante la testa del Gatto cominciò a sfumare e prima che il boia fosse di ritorno con la Duchessa, era svanita del tutto. Allora il Re e il boia si lanciarono in una ricerca affannosa, correndo in lungo e in largo come pazzi, mentre gli altri riprendevano la partita dove l'avevano interrotta.

Capitolo 9

La storia della Similtartaruga

"Non sai quanto sono felice di rivederti, carina!" disse la Duchessa ad Alice, incamminandosi con lei dopo averla presa affettuosamente a braccetto.

Alice fu contenta di trovarla così di buonumore e pensò che forse era stato il pepe a renderla tanto irascibile durante il loro primo incontro in cucina.

"Quando *io* sarò duchessa", si disse (ma senza troppa convinzione), "bandirò il pepe dalla mia cucina. La minestra è buona lo stesso... e forse è proprio quello a irritare la gente..." continuò, tutta soddisfatta di aver scoperto una specie di nuova regola, "e l'aceto a renderla acida... e la camomilla amara... e... e le caramelle d'orzo e lo zucchero a rendere dolci i bambini. Peccato che i grandi non se ne rendano conto, altrimenti non sarebbero così di manica stretta con i dolciumi..."

Nel frattempo si era completamente scordata della Duchessa, tanto che la sua voce all'orecchio la fece leggermente trasalire: "I pensieri che hai per la testa ti distraggono dalla conversazione, mia cara. E la morale è... Oh, adesso come adesso mi sfugge, ma tra un po' mi verrà in mente".

"Forse non c'è nessuna morale", azzardò Alice.

"Via, via, sciocchina!" disse la Duchessa. "Ogni cosa ha una morale, basta saperla trovare." E mentre parlava si strinse di più a lei.

Ad Alice non piaceva che le stesse così addosso: primo, perché la Duchessa era *molto* brutta; e secondo, perché era alta giusta giusta per arrivare ad appoggiarle il mento sulla spalla, ed era un mento fastidiosamente appuntito. Comunque, non volendo essere sgarbata, si sforzò di sopportare senza fare storie.

"Sembra che adesso la partita vada un po' meglio", disse, tanto per ravvivare un po' la conversazione.

"Già", convenne la Duchessa, "e la morale è: 'Oh, è l'amore, è l'amore a far girare il mondo!'"

"Qualcuno", bisbigliò Alice, "ha detto che a far girare il mondo è chi bada agli affari propri!"

"Ah, beh, comunque il senso non cambia", disse la Duchessa, affondandole il piccolo mento aguzzo nella spalla e aggiungendo: "E la morale è 'Ogni suono a suo senso'".

"Che mania di voler trovare sempre una morale a tutto!" pensò Alice.

"Scommetto che ti stai chiedendo come mai non ti metto il braccio intorno alla vita", disse la Duchessa dopo una pausa. "Il fatto è che temo la reazione del tuo fenicottero. Che dici, ci provo?"

"Potrebbe pizzicarvi", la avvertì Alice, per niente entusiasta dell'idea.

"Verissimo", disse la Duchessa, "i fenicotteri pizzicano, come la senape. E la morale è 'Chi si somiglia si piglia'".

"Solo che la senape non è un uccello", osservò Alice.

"Giusto, come al solito", disse la Duchessa. "Cogli sempre nel segno, tu!"

"È un minerale, *credo*", riprese Alice.

"Ma certo", disse la Duchessa, che sembrava incline a darle ragione su tutto, "qui vicino ce n'è una miniera, di senape. E la morale è 'Più cene per me e meno ce n'è per te' ".

"Ci sono!" esclamò Alice, che non aveva prestato ascolto a quest'ultima frase. "È un vegetale. Non sembra, ma lo è."

"Sono assolutamente d'accordo", disse la Duchessa, "e la morale è 'Sii ciò che sembri' o, se preferisci, in parole povere 'Non immaginare mai di non essere diversa da quello che agli altri potrebbe sembrare che tu fossi o possa essere stata non era diverso da quello che sei stata e che agli altri poteva sembrare diverso' ".

"Forse lo capirei meglio con un disegnino", disse Alice molto garbatamente. "Altrimenti ho paura di non riuscire a seguirvi."

"Questo è niente in confronto a quello che potrei dire se volessi", ribatté la Duchessa tutta compiaciuta.

"Oh, vi prego, non vi disturbatevi ad aggiungere altro", disse Alice.

"Ma quale disturbo!" esclamò la Duchessa. "Ti regalo tutto quello che ho detto finora."

"Capirai che regalo!" pensò Alice. "Per fortuna ai compleanni non ti fanno cose del genere!" Ma non si arrischiò a dirlo a voce alta.

"Ti sei rimessa a pensare?" chiese la Duchessa, affondandole un altro colpetto con il mento aguzzo.

"Avrò pur il diritto di pensare", sbottò allora Alice, che cominciava a innervosirsi.

"Certo", disse la Duchessa, "quanto gli asini di volare. E la mo..."

Ma stavolta, in modo del tutto sorprendente, la voce della Duchessa si smorzò nel bel mezzo della sua parola preferita e il braccio cominciò a tremarle. Alice alzò gli occhi e si ritrovò davanti la Regina a braccia conserte e con una faccia da temporale.

"Splendida giornata, Maestà!" esordì la Duchessa con una vocina fioca.

"Te lo ripeto per l'ultima volta!" sbraitò la Regina pestando i piedi per la rabbia. "O te ne vai tu o se ne va la tua testa! Hai zero secondi per decidere!"

La Duchessa non se lo fece ripetere e si eclissò seduta stante.

"Avanti, continuiamo la partita", disse quindi la Regina ad Alice, la quale, troppo spaventata per fiatare, la seguì docilmente fino al campo da croquet. Gli ospiti avevano approfittato dell'assenza della sovrana per riposarsi un po' all'ombra, ma non appena la videro di ritorno ripresero all'istante la partita, mentre come al solito lei minacciava di far saltare un bel po' di teste al minimo indugio.

Dopodiché la Regina non smise un attimo di bisticciare con gli altri giocatori e di strillare: "Tagliate la testa a quello lì!", "Tagliate la testa a quella là!" Ogni volta i condannati a morte venivano presi in custodia dai soldati, che dovevano quindi smettere di fare gli archetti delle porte, cosicché nel giro di una mezz'ora in campo non restarono più porte e

tutti i giocatori, tranne il Re, la Regina e Alice, si ritrovarono agli arresti, in attesa di esecuzione.

A quel punto la Regina, ormai a corto di fiato, lasciò perdere il gioco e disse ad Alice: "Hai già conosciuto la Similtartaruga?"

"No", rispose Alice. "Non so nemmeno che cosa sia una Similtartaruga."

"È l'ingrediente base del Brodo di Similtartaruga", dichiarò la Regina.

"Mai vista né sentita nominare", disse Alice.

"Allora andiamo", ordinò la sovrana. "Ti racconterà la sua storia."

Mentre si allontanavano insieme, Alice sentì il Re dire sottovoce alla combriccola: "Siete tutti graziati". "Finalmente una buona notizia!" pensò; tutte quelle condanne a morte l'avevano proprio buttata giù di morale.

Poco dopo s'imbatterono in un Grifone che dormiva della grossa al sole. (Se non sapete com'è fatto un Grifone, guardate la figura.)

"Sveglia, pelandrone!" disse la Regina. "Accompagna questa signorina dalla Similtartaruga per farsi raccontare la sua storia. Io devo sbrigare alcune decapitazioni che ho in sospeso." E si allontanò, lasciandola sola con il Grifone. Ad Alice l'aspetto di quella creatura non piaceva, ma si disse che tutto sommato sarebbe stata più al sicuro in sua compagnia che non con quella sanguinaria della Regina, perciò rimase.

Il Grifone si tirò a sedere stropicciandosi gli occhi e seguì la Regina con lo sguardo finché non scomparve alla vista.

"Che buffonata!" ridacchiò allora, rivolto più a se stesso che ad Alice.

"Che c'è di tanto buffo?" chiese Alice.

"Ma lei, no?" disse il Grifone. "È tutta una finta. Non tagliano mai la testa a nessuno. Andiamo, dai!"

"Qui tutti non fanno altro che dire 'andiamo' ", pensò Alice, seguendolo lemme lemme. "Non ho mai ricevuto così tanti ordini in vita mia! Mai!"

Non avevano fatto molta strada quando da lontano scorsero la Similtartaruga, sola soletta su uno scoglio e, avvicinandosi, Alice la sentì sospirare come se avesse il cuore spezzato. Presa da compassione, domandò al suo compagno: "Cos'è che la affligge tanto?" E il Grifone rispose, quasi con le stesse parole di prima: "È tutta una finta. Non ha proprio nessun motivo di essere afflitta. Andiamo, dai!"

Qundo la raggiunsero, la Similtartaruga li guardò con gli occhioni lucidi di lacrime ma senza dire niente.

"Questa signorina non vede l'ora di ascoltare la tua storia", spiegò il Grifone.

"L'accontento subito", disse la Similtartaruga con voce profonda e cupa. "Sedetevi, tutti e due, e non fiatate finché non avrò terminato."

Così si sedettero, e per alcuni minuti nessuno parlò. "Chissà come farà a terminare se neanche comincia", pensò Alice. Ma restò in paziente attesa.

"Una volta", esordì finalmente la Similtartaruga con un profondo sospiro, "ero una tartaruga vera".

A queste parole seguì un lungo silenzio, interrotto solo da uno sporadico verso del Grifone, tipo "Hickrrrh!" e dal singhiozzare continuo della Similtartaruga. Alice fu lì lì per alzarsi e dire: "Molte

grazie, signora, per la sua interessantissima storia", eppure era certa che *doveva* esserci dell'altro, perciò rimase ancora tranquilla al suo posto senza aprire bocca.

"Da piccoli", riprese finalmente la Similtartaruga, cercando di darsi un contegno, ma sempre con qualche singhiozzo di tanto in tanto, "andavamo a scuola in fondo al mare. La maestra era una vecchia tartaruga, ma noi la chiamavano Testuggine..."

"Perché la chiamavate Testuggine se non lo era?" chiese Alice.

"Ma perché s'intestardiva a farci studiare, no?" si spazientì la Similtartaruga. "Sei proprio una testona!"

"Dovresti vergognarti di fare domande così sciocche", rincarò il Grifone. Poi tutt'e due restarono in silenzio a guardare la povera Alice, che avrebbe voluto sprofondare sottoterra. Alla fine il Grifone disse alla Similtartaruga: "Vai avanti, vecchia mia! Non vorrai metterci tutto il giorno!" E lei proseguì con queste parole:

"Già, non ci crederai, ma andavamo a scuola in fondo al mare..."

"Non l'ho mai messo in dubbio!" protestò Alice.

"Sì, invece", disse la Similtartaruga.

"Vuoi stare zitta?" intervenne il Grifone prima che Alice potesse aprire di nuovo bocca.

La Similtartaruga continuò.

"Ci impartivano un'ottima istruzione...

Andavamo a scuola tutti i giorni...”

“Anch’io vado a scuola tutti i giorni”, saltò su Alice. “Non vedo che cosa ci sia da vantarsi tanto.”

“E potete studiare anche delle materie a scelta?” domandò la Similtartaruga con una certa apprensione.

“Certo”, ripose Alice. “Francese e Musica.”

“E Bucato?” domandò la Similtartaruga.

“Ci mancherebbe!” ribatté Alice con sdegno.

“Allora la tua non è una scuola esclusiva”, disse la Similtartaruga, rinfrancata. “*Noi* come materie a scelta avevamo Francese, Musica e Bucato.”

“Sai che utilità il bucato sott’acqua!” osservò Alice a quel punto.

“Purtroppo, però, io non potevo permettermele”, sospirò la Similtartaruga. “Ho frequentato soltanto i corsi obbligatori.”

“E cioè?” chiese Alice.

"Per cominciare, Ondografia e Drammatica, naturalmente", rispose la Similtartaruga "e poi le varie *branchie* dell'Aritmetica: Ambizione, Distrazione, Mortificazione e Derisione".

"Mai sentito parlare di mortificazione", si azzardò a dire Alice. "Che cos'è?"

Il Grifone alzò le zampe al cielo in un gesto di sorpresa. "Non sai cos'è la mortificazione!" esclamò. "Almeno sai che cosa significa 'ravvivare'?"

"Sì", rispose Alice, un po' dubbiosa. "Significa... rendere... qualcosa... più vivace".

"Allora", continuò il Grifone, "se non capisci cosa significa mortificare vuol dire che sei un po' dura di comprendonio".

Non avendo il coraggio di approfondire la questione, Alice si rivolse alla Similtartaruga. "Quali erano le altre materie?" le chiese.

"Beh, c'era Boria, antica e moderna", rispose la Similtartaruga mettendosi a contare sulla punta delle pinne. "Storionigrafia e Pesciologia; e poi Disdegno. Il prof di Disdegno era un vecchio Grongo che veniva una volta alla settimana: ci insegnava a fare guazzetti, tempura su chela e quadrature di soffritti."

"Di che si tratta?" volle sapere Alice.

"Purtroppo non posso farti vedere", disse la Similtartaruga. "Ho perso un po' di smalto. E il Grifone non ha mai studiato Frittura figurativa."

"Dove lo trovavo il tempo?" disse lui. "Ho fatto il classico, io. Con quel Ghiozzo del professore di lettere."

"Io non l'ho mai avuto", tornò a sospirare la Similtartaruga.

"Insegnava Bieco e Tapino, mi pare."

"Proprio così!" disse il Grifone, sospirando a sua volta, e tutti e due sprofondarono la faccia tra le zampe. "E quante ore di lezione facevate al giorno?" chiese Alice, impaziente di cambiare argomento.

"Il primo giorno dieci", rispose la Similtartaruga. "Il secondo nove, e così via."

"Che strano orario!" esclamò lei.

"Per questo si chiama *ciclo d'istruzione*", spiegò il Grifone. "Man mano che avanza si distrugge."

Il concetto le era del tutto nuovo, perciò Alice ci rimuginò un po' sopra prima di osservare: "Allora l'undicesimo giorno era vacanza?"

"Ovviamente", disse la Similtartaruga.

"E il dodicesimo giorno cosa facevate?" continuò lei incuriosita.

"Basta parlare di scuola!" tagliò corto il Grifone a quel punto. "Raccontale dei giochi."

Capitolo 10

La quadriglia delle aragoste

La Similtartaruga tirò un sospirone e si passò il dorso di una pinna sugli occhi. Poi guardò Alice e fece per parlare, ma per un po' emise solo singhiozzi strozzati. "Neanche le fosse andata una lisca di traverso", commentò il Grifone cominciando a scuoterla e a darle delle gran pacche sul guscio.

Finalmente la Similtartaruga ritrovò la voce e, con le guance rigate di lacrime, riprese:

"Se non hai vissuto a lungo sott'acqua ("No, infatti", confermò Alice) probabilmente non hai mai avuto occasione di conoscere un'aragosta (Alice fece per dire: "Una volta ne ho assagg..." ma si corresse subito e disse: "No, mai"), e quindi non puoi nemmeno immaginare che meraviglioso spettacolo sia una quadriglia di aragoste!"

"In effetti no", rispose Alice. "Che genere di ballo è?"

"Dunque", disse il Grifone "per cominciare si forma una fila sulla spiaggia..."

"Due file!" esclamò la Similtartaruga. "Foche, tartarughe, salmoni e così via. Poi, dopo aver fatto piazza pulita delle meduse..."

"E questo di solito fa perdere un sacco di

tempo", interruppe di nuovo il Grifone.

"... si fanno due passi avanti..."

"Ognuno in coppia con un'aragosta!" esclamò il Grifone.

"Naturale", disse la Similtartaruga. "Due passi avanti, si forma la coppia..."

"... poi si cambia aragosta e si torna indietro nello stesso ordine", continuò il Grifone.

"A questo punto", proseguì la Similtartaruga, "si lanciano..."

"... le aragoste!" esclamò il Grifone con un balzo di gioia.

"... il più lontano possibile in mare."

"E poi le insegui a nuoto!" strillò il Grifone.

"Fai una capriola sott'acqua!" strepitò la Similtartaruga mettendosi a saltellare qui e là.

"E via: altro cambio di aragosta!" urlò a

squarciagola il Grifone.

"Si torna a riva, e... fine della prima figura", disse la Similtartaruga, smorzando di colpo la voce. E i due, che fino a quel momento avevano saltabeccato di qua e di là come pazzi, si rimisero a sedere mogi mogi, rivolgendo uno sguardo mesto ad Alice.

"Dev'essere una danza molto bella", disse timidamente lei.

"Ti piacerebbe vedere qualche passo?" chiese la Similtartaruga.

"Altroché!" rispose Alice.

"Su, proviamo la prima figura!" propose allora la Similtartaruga al Grifone. "Faremo a meno delle aragoste. Chi canta?"

"Pensaci tu", disse il Grifone. "Io ho dimenticato le parole."

E così iniziarono un solenne girotondo danzando intorno ad Alice, di quando in quando pestandole i piedi se le passavano troppo vicino, e sventolando le zampe anteriori per tenere il tempo, mentre la Similtartaruga cantava adagio e con voce dolente:

"Ma vuoi dartela una mossa?"
fa il nasello alla lumaca.
"C'è qui un tonno che mi spinge,
vuoi allungare la falcata?"
Aragoste e tartarughe già
si muovon con baldanza,
là schierate sulla riva:
ecco ha inizio ora la danza!
Vuoi ballare sì o no,
sì o no vuoi tu ballar?
Le aragoste corteggiar,
volteggiarci in mezzo al mar!

Gli risponde la lumaca:
"Che fatica amico mio!
Vacci tu, nasello caro,
e a guardare resto io."
Non voleva, no no no,
non poteva, no no no,
Non voleva darsi al ballo,
la lumaca proprio no.
Non poteva, no no no,
non voleva, no no no,
Non voleva volteggiare,
la lumaca proprio no.

Disse il pesce con un guizzo:
"Non temere la distanza.
Oltre il mare, tu lo sai,
c'è una terra in lontananza.
Più è distante l'Inghilterra,
più vicina a noi è la Francia".
Vuoi ballare sì o no,
sì o no vuoi tu ballar?
Le aragoste corteggiar,
volteggiarci in mezzo al mar?
Non voleva, proprio no,
la lumaca volteggiar.

"Tante grazie, davvero interessante come danza", disse Alice, ben contenta che avessero finito. "Molto carina la canzoncina del nasello."

"A proposito", disse la Similtartaruga, "almeno i naselli li conosci?"

"Sì", rispose Alice, "li vedo spesso a tavo..." Si morse la lingua giusto in tempo.

"Non so dove si trovi Tavo", commentò la Similtartaruga, "ma se li vedi così spesso saprai come sono fatti".

"Credo di sì", rispose Alice pensandoci su. "Sono ricoperti da una crosta di pangrattato e se ne stanno acciambellati ad annusarsi la coda."

"Qui ti sbagli", disse la Similtartaruga. "In mare il pangrattato si scioglierebbe, e la coda in realtà ce l'hanno in bocca, e il motivo è..." A questo punto la Similtartaruga sbadigliò e chiuse gli occhi.

"Spiegaglielo un po' tu", disse al Grifone.

"Il motivo è", disse il Grifone, "che i naselli volevano a tutti i costi ballare con le aragoste, e così sono finiti anche loro scaraventati in mare. Ma dato che il volo era bello lungo, si sono acciambellati prendendosi la coda in bocca. E da quel momento non sono più riusciti a mollarla. Solo che sembra che se la annusino: ecco perché si chiamano naselli".

"Grazie per la spiegazione", disse Alice. "Mai saputo così tante cose sui naselli."

"Se vuoi posso continuare", disse il Grifone. "Per esempio, sai con che cosa lucidiamo i mocassini acquatici?"

"Non ne ho la minima idea", disse Alice.

"Ma col nero di seppia, ovvio!" disse il Grifone.

"Col nero di seppia?" ripeté Alice meravigliata.

"Perché, da te come si lucidano?" chiese lui.

Alice si guardò le scarpe e ci pensò su un attimo.

"Con il lucido da scarpe, credo."

"Be', i mocassini acquatici si lucidano con il nero di seppia", dichiarò il Grifone in tono solenne. "Adesso lo sai."

"E come sono fatti?" chiese Alice con grande curiosità.

"Di pelle d'anguilla, naturalmente", rispose il Grifone, un po' spazientito. "Questo lo sa anche un gamberetto."

"Al posto del nasello", disse Alice che continuava a pensare alla canzoncina, "io avrei detto al tonno: "Vattene via! Non ti vogliamo con noi!""

"Erano obbligati a portarselo dietro", la informò la Similtartaruga. "Nessun pesce che si rispetti se ne va in giro senza un minimo di tonno."

"Sul serio?" disse Alice meravigliata.

"Ma certo", ribadì la Similtartaruga. "Se un pesce venisse a dirmi che vuole entrare in società, gli consiglierei di darsi un certo tonno."

"Vuoi dire 'tono'?" disse Alice.

"Voglio dire esattamente quello che ho detto", ribatté offesa la Similtartaruga. E il Grifone aggiunse: "Avanti, sentiamo un po' le tue, di avventure".

"Potrei raccontarvi le mie avventure... a cominciare da stamattina", disse Alice un po' titubante. "Risalire a ieri sarebbe inutile, perché ero una persona del tutto diversa."

"Spiegati meglio", fece la Similtartaruga.

"No, no! Prima le avventure", disse il Grifone in tono impaziente. "Le spiegazioni portano via un sacco di tempo."

Allora Alice cominciò raccontare le sue avventure a partire dal primo incontro con il

Coniglio Bianco. All'inizio era un po' nervosa, perché quei due le stavano un po' troppo addosso, con occhi e bocche spalancati, ma andando avanti si tranquillizzò.

I suoi ascoltatori se ne stettero buoni buoni in silenzio finché non arrivò al punto in cui recitava al Bruco *Oh Valentino!* con tutte le parole cambiate, al che la Similtartaruga tirò un grosso sospiro e disse: "Molto strano!"

"Davvero stranissimo", rincarò il Grifone.

"Tutte le parole cambiate!" ripeté la Similtartaruga pensierosa. "Mi piacerebbe che provasse a recitare qualcosa adesso. Dille di cominciare." E guardò il Grifone come se gli riconoscesse una certa autorità su Alice.

"Alzati in piedi e recita *Pianto antico*", disse allora il Grifone.

"Questi qui non fanno altro che dare ordini e ora vogliono anche che ripeta la lezione!" pensò Alice dal canto suo. "Tanto varrebbe essere a scuola!"

Comunque si alzò lo stesso e cominciò a recitare, ma aveva ancora la testa così piena di quadriglie e di aragoste che a stento si rendeva conto di quel che diceva, e le parole le vennero fuori parecchio strampalate:

Per l'aragosta gemevi e pur anche se invano
già correvi lontano dai vermigli tremor.
Dal quieto mare solingo pur la trassi ch'è un'ora
e adesso andrà in malora alla luce e al calor.

"È molto diversa da come la recitavo io da piccolo", sentenziò il Grifone.

"Mai sentita prima", disse la Similtartaruga,

"ma mi pare straordinariamente insensata".

Alice non disse nulla e si rimise a sedere con la faccia tra le mani, chiedendosi se le cose sarebbero mai tornate alla normalità.

"Mi piacerebbe che qualcuno me la spiegasse", disse la Similtartaruga.

"Lei non è in grado di farlo", tagliò corto il Grifone. "Sentiamo la prossima strofa." Alice non osò disubbidire, anche se sapeva già che le parole sarebbero state tutte sbagliate, e con voce tremante proseguì:

"Ma tanto sei affranta,
scossa e risentita,
per quella povera vita,
che più non voglio infierir."

"Che senso ha recitare tutta questa solfa", la interruppe la Similtartaruga, "se poi non ce la spieghi? È la poesia più assurda che abbia mai sentito".

"Già, forse è meglio lasciar perdere", disse il Grifone ad Alice, la quale fu ben felice di accontentarlo.

"Vogliamo provare un'altra figura della quadriglia delle aragoste?" propose il Grifone. "O forse preferisci che la Similtartaruga ti canti qualcosa?"

"Oh, sì, una canzone, per favore! Se alla Similtartaruga non dispiace..." approvò Alice con una tale esultanza che quasi quasi il Grifone se la prese.

"Uhm, i gusti sono gusti. Su, cantale *Brodo di tartaruga*, vecchia mia!"

La Similtartaruga tirò l'ennesimo sospirone e, con voce rotta da sporadici singhiozzi, attaccò:

"Brodo, bel brodo fumante,
denso e verde nella zuppiera bollente!
Chi resiste a una cena così invitante?
Brodo di sera, bel brodo nutriente!
Brodo di sera, bel brodo corroborante!
Brooodo, bel brooodo!
Buooono, che buono!
Oh che brodo saporito,
più di carne e di pesce squisito,
a nessuno sia negato questo brodo prelibato!
Brodo di sera, bel brodo fumante!
Brodo di sera, bel brodo corroborante!
Brooodo, bel brooodo!
Buooono, che buono!"

"Vai di nuovo con il ritornello!" esclamò il Grifone, e la Similtartaruga aveva appena cominciato a ripetere quando in lontananza si udì gridare: "Il processo ha inizio!"

"Andiamo, dai!" disse allora il Grifone, e prese Alice per mano trascinandola via senza aspettare la fine della canzone.

"Di che processo si tratta?" chiese lei ansimante per la corsa. Per tutta risposta il Grifone ripeté "Andiamo, dai!" e accelerò il passo, mentre le note malinconiche della Similtartaruga si perdevano alle loro spalle, trasportate dalla brezza:

"Brodo di sera, bel brodo fumante!
Brodo di sera, bel brodo corroborante!
Brooodo, bel brooodo!
Buooono, che buono!"

Capitolo 11

Chi ha rubato le crostate?

Al loro arrivo Alice e il Grifone trovarono il Re e la Regina seduti sul trono, attorniati da una gran folla: uccellini e bestiole di ogni specie e l'intero mazzo di carte. Davanti a loro stava il Fante, in catene e tra due guardie, e accanto al Re c'era il Coniglio Bianco, con una tromba in una mano e un rotolo di pergamena nell'altra. Al centro della corte c'era un tavolo con sopra un vassoio di crostatine: erano così invitanti che al vederle Alice si sentì venire l'acquolina in bocca.

"Speriamo che si sbrighino con questo processo", pensò, "e che passino subito al rinfresco!" Siccome però le cose sembravano andare per le lunghe, Alice cominciò a guardarsi intorno per ingannare un po' il tempo.

In vita sua Alice non era mai stata in un tribunale, ma da quello che aveva letto nei libri riusciva lo stesso a raccapezzarsi. "Quello è il giudice", si disse, "con la sua parruccona".

Manco a farlo apposta il giudice era il Re, e dato che portava la corona sopra la parrucca (guardate il frontespizio se volete vedere come faceva) non sembrava una cosa molto comoda, e di certo non gli donava. “Quello è il banco della giuria”, ragionò dunque Alice, “e quelle dodici creature (era costretta a definirle così, visto che si trattava di mammiferi e di uccelli) devono essere i giurati”.

Quest’ultima parola se la rigirò in bocca due o tre volte, tutta fiera di sé perché pensava, e a ragione, che poche bambine della sua età la conoscessero. Comunque, anche ‘giudici popolari’, sarebbe andato bene.

I dodici giurati erano tutti impegnatissimi a scrivere sulle loro lavagnette. “Che cosa stanno facendo?” bisbigliò Alice al Grifone. “Perché scrivono già? Il processo non è ancora iniziato.”

“Si appuntano il loro nome”, sussurrò lui in risposta, “per non dimenticarlo prima della fine del processo”.

“Che scemi!” si indignò Alice a voce alta,

ma fu subito zittita dal Coniglio Bianco, che gridò: "Silenzio in aula!" mentre il Re inforcava gli occhiali e si guardava intorno innervosito per capire chi è che avesse parlato.

Alice vide benissimo, praticamente come se stesse sbirciando da sopra le spalle, che tutti i giurati scrivevano "Che scemi!" sulle lavagnette, e notò perfino che uno di loro non sapeva come si scriveva "scemi" e stava chiedendo aiuto al vicino. "A forza di scarabocchi quelle lavagnette diventeranno illeggibili prima della fine del processo!" pensò.

Uno dei giurati aveva un gessetto che strideva e lei, trovando quel rumore insopportabile, andò a metterglisi proprio dietro e alla prima occasione glielo fece sparire.

Fu così lesta che il poveretto (era Billiettino, il Lucertolino) non riuscì a capacitarsi della scomparsa e, dopo aver cercato il suo gessetto dappertutto, fu costretto a scrivere con un dito per il resto della giornata. Con scarsi risultati, naturalmente, perché un dito non lascia tracce su una lavagna.

"Araldo, leggi l'accusa!" ordinò il Re.

Allora il Coniglio Bianco, dati tre squilli di tromba, srotolò la pergamena e lesse quanto segue:

"La Regina di Cuori ha fatto delle crostate
in un giorno d'estate.
Il Fante di Cuori gliele ha rubate
e più non le ha ridate!"

"Pronunciate il verdetto", ordinò il Re ai giurati.

"Non ancora! Non ancora!" saltò su il Coniglio Bianco. "Prima c'è tutta la trafila!"

"Chiama il primo testimone", disse allora il Re. E il Coniglio Bianco, dati tre squilli di tromba, proclamò a gran voce: "Primo testimone!"

Il primo testimone era il Cappellaio. Fece il suo ingresso con una tazza di tè in mano e una fetta di pane imburrata nell'altra. "Maestà", esordì, "chiedo venia se mi presento in questo modo, ma quando sono stato convocato non avevo ancora finito di prendere il tè".

"Avresti dovuto, invece", dichiarò il Re. "Quand'è che hai cominciato?"

Il Cappellaio guardò la Lepre Marzolina, che lo aveva seguito in aula a braccetto del Ghiro. "Credo fosse il quattordici marzo", disse.

"Il quindici", corresse la Lepre Marzolina.

"Il sedici", disse il Ghiro.

"Che sia ridotto agli atti", ordinò il Re alla giuria,

In vita sua Alice non era mai stata in un tribunale, ma da quello che aveva letto nei libri riusciva lo stesso a raccapezzarsi.

e i giurati si affrettarono a trascrivere sulle lavagnette le tre date in colonna e, dopo aver fatto la sottrazione, calcolarono il resto.

"Togliti il cappello", disse di punto in bianco il Re al Cappellaio.

"Non è mio", rispose il Cappellaio.

"*Rubato!*" esclamò allora il Re rivolgendosi alla giuria, che prese subito nota.

"Li conservo per venderli", spiegò il Cappellaio. "Di miei non ne ho. Faccio il cappellaio."

A quel punto la Regina inforcò a sua volta gli occhiali e si mise a fissare con insistenza il Cappellaio, che sbiancò e cominciò ad agitarsi.

"Prosegui con la tua deposizione", gli ingiunse il Re, "e non ti innervosire, altrimenti ti faccio giustiziare seduta stante".

Quelle parole non tranquillizzarono affatto

il testimone, che guardava la Regina sempre più preoccupato e, in preda alla confusione, addentò la tazza invece della fetta di pane imburrata.

In quel preciso momento Alice provò una sensazione stranissima, che continuò a tormentarla finché non capì che cosa stava succedendo: aveva ripreso a crescere! Lì per lì pensò di alzarsi e di andarsene, ma riflettendoci meglio decise di restare dov'era finché ci fosse stato spazio a sufficienza.

"Ti dispiacerebbe non schiacciarmi?" protestò il Ghiro che le sedeva accanto. "Non riesco nemmeno a respirare."

"Non posso farci niente", disse mortificata Alice. "Sto diventando grande."

"Non hai alcun diritto di diventare grande *qui*", ribatté il Ghiro.

"Non dire scemenze", replicò Alice con più

spavalderia. "Anche tu cresci, sai?"

"Sì, ma a un ritmo ragionevole, mica in modo così assurdo", disse il Ghiro, che si alzò imbronciato e andò a mettersi dalla parte opposta della corte.

Nel frattempo la Regina non aveva smesso un istante di fissare il Cappellaio e proprio mentre il Ghiro si spostava disse a uno degli uscieri: "Portami la lista dei cantanti dell'ultimo concerto!" A quelle parole il povero Cappellaio si mise a tremare tanto che gli si sfilarono i piedi dalle scarpe.

"Avanti con questa deposizione", ripeté il Re spazientito, "altrimenti ti faccio giustiziare senza tanti complimenti!"

"Vostra Maestà, sono solo un povero disgraziato", attaccò allora il Cappellaio con voce esitante. "Avevo appena cominciato a prendere il tè... non più di una settimana fa... e tra le fette di pane imburrate sempre più sottili e le tazze di tè... sì, tutto inizia con il tè...”

“Con la T, vorrai dire!” rettificò seccamente il Re. “Mi prendi per tonto? Va’ avanti!”

“Sono un povero disgraziato”, ricominciò allora il Cappellaio, “e da quel tè, tutto è si è trasformato in un travolgente tourbillon, ma poi la Lepre Marzolina ha detto...”

“Non è vero!” salto su la Lepre Marzolina.

“Sì, invece!” disse il Cappellaio.

“Obiezione!” disse la Lepre Marzolina.

“In tal caso”, intervenne il Re, “non si tenga conto dell’ultima affermazione”.

“Ad ogni modo, il Ghiro ha detto...” riprese il Cappellaio, guardandosi intorno per paura di essere smentito di nuovo. Ma il Ghiro non negò un bel niente perché dormiva della grossa.

"Dopodiché", proseguì quindi il Cappellaio, "mi sono imburrato qualche altra fetta di pane..."

"Ma che cos'ha detto il Ghiro?" chiese uno dei giurati.

"Ah, questo non me lo ricordo", rispose il Cappellaio.

"*Devi* ricordartelo", disse il Re, "altrimenti ti farò giustiziare".

Il povero Cappellaio lasciò cadere tazza e fetta di pane e si buttò in ginocchio. "Sono solo un povero disgraziato, Maestà", ripeté per la terza volta.

"Come oratore fai pietà, questo è certo", disse il Re.

Al che un porcellino d'India lasciò partire un applauso, subito sedato dagli uscieri.

(Siccome "sedare" è una parola

difficile, vi spiegherò che cosa fecero in pratica: ficcarono il porcellino d'India a capofitto in un grande sacco di tela e strinsero ben bene i lacci, poi ci si sedettero sopra.)

"Sono contenta di averlo visto con i miei occhi", pensò Alice. "Ho letto tante di quelle volte sui giornali che al termine di un processo c'era stato 'un principio di applauso subito sedato dagli uscieri' e mi ero sempre chiesta che cosa volesse dire."

"Se non hai altro da aggiungere, puoi ritirarti", disse il Re.

"Desolato, più di così non posso restringermi", rispose il Cappellaio.

"Allora siediti!" replicò il Re.

Al che partì l'applauso di un altro porcellino d'India, anche quello immediatamente sedato.

"E con questo sono finiti i porcellini d'India da

sedare!" pensò Alice. "Forse adesso ci sbrigheremo un po'."

"Potrei finire il mio tè?" chiese in quel mentre il Cappellaio scoccando un'occhiata impaurita alla Regina, che stava scorrendo la lista dei cantanti.

"Puoi andare", gli comunicò il Re, e il Cappellaio si dileguò senza neanche rimettersi le scarpe.

"... e una volta fuori, tagliategli la testa", aggiunse la Regina, rivolta a un usciere; ma il Cappellaio era già sparito.

"Il prossimo testimone!" annunciò il Re.

Il testimone successivo era la cuoca della Duchessa. Aveva in mano il macinapepe e Alice indovinò di chi si trattava prima ancora che comparisse, perché quelli vicino alla porta avevano cominciato a starnutire.

"Fai la tua deposizione", le ordinò il Re.

"Non ho niente da dichiarare", disse la cuoca.

Il Re lanciò uno sguardo interrogativo al Coniglio Bianco, che a voce bassa gli spiegò: "Vostra Maestà deve controinterrogare il testimone".

"E va bene, se proprio devoa", disse il sovrano costernato e, dopo avere incrociato le braccia e aggrottato la fronte fin quasi a far scomparire gli occhi, chiese in tono solenne: "Di che cosa sono fatte le crostate?"

"Di pepe, a regola", rispose la cuoca.

"Melassa", disse una voce assonnata alle sue spalle.

"Acciuffate quel Ghiro!" strepitò la Regina. "Decapitatelo! Espelletelo! Sedatelo! Dategli dei pizzicotti! Strappategli i baffi!"

Per alcuni minuti la corte fu in subbuglio, il Ghiro venne espulso, e quando tutti tornarono a sedersi la cuoca era sparita.

"Pazienza!" disse il Re con evidente sollievo.

"Fate entrare il prossimo testimone." E sottovoce aggiunse rivolto alla Regina: "Cara, credo proprio che dovrai controinterrogarlo tu. A me è venuto un gran mal di testa!"

Alice guardò il Coniglio Bianco scorrere l'elenco, alquanto curiosa di scoprire chi fosse il prossimo testimone. "... perché finora non mi pare che abbiano raccolto chissà quali prove..." si disse. Immaginatevi la sorpresa quando il Coniglio Bianco, con la sua vocetta squillante, annunciò: "Alice!"

Capitolo 12

La testimonianza di Alice

"Presente!" dichiarò Alice. E sulla scia dell'emozione, dimenticandosi di quanto era cresciuta negli ultimi minuti, scattò in piedi con tale foga che con l'orlo della gonna ribaltò il banco dei giurati, facendoli ruzzolare sulla folla sottostante e sparpagliandoli tutt'intorno, così come una settimana prima aveva rovesciato per sbaglio una boccia di pesci rossi.

"Scusate tanto!" esclamò mortificata, e memore dell'incidente con i pesci si affrettò a raccogliere i giurati uno per uno, temendo che potessero morire se non li rimetteva al più presto al loro posto.

"Il processo non può continuare", disse il Re in tono solenne, "finché tutti i giurati non saranno tornati ai loro posti. *E a modino*!" sottolineò poi con enfasi, lanciando un'occhiataccia ad Alice.

Alice guardò il banco dei giurati e si accorse che nella fretta aveva sistemato il Lucertolino a testa in giù, e quel poveretto agitava pateticamente la coda, incapace di muoversi. Allora lo raddrizzò a dovere, dicendosi: "Non che faccia molta differenza. Non credo conti un granché se nel processo è messo per un verso o per l'altro".

Non appena si furono ripresi dallo shock ed ebbero recuperato gessetti e lavagne, i giurati ricominciarono diligentemente a stendere un rapporto sull'accaduto; tutti tranne il Lucertolino, ancora troppo scombussolato per riuscire a fare altro a parte fissare a bocca aperta nel vuoto.

"Che cosa sai di questa faccenda?" chiese il Re ad Alice.

"Niente", rispose lei.

"Niente di niente?" insisté il Re.

"Niente di niente", ribadì Alice.

"Affermazione rilevante", dichiarò il Re. I giurati avevano già cominciato a trascrivere la frase sulla lavagnetta, quando intervenne il Coniglio Bianco: "*Ir*rilevante, vorrà dire Vostra Maestà", corresse in tono molto rispettoso, ma con espressione accigliata e facendo una smorfia al Re.

"Irrilevante, certo", si affrettò a confermare quello, prima di mettersi a ripetere tra sé "rilevante... irrilevante... rilevante... irrilevante..." come per valutare quale dei due suonava meglio.

E così, constatò Alice sbirciando le loro lavagnette, alcuni giurati scrissero 'rilevante' e altri 'irrilevante'. "Tanto cosa cambia?" pensò.

"Silenzio!" gridò a quel punto il Re, che per un po' aveva scritto tutto concentrato sul suo taccuino, e ad alta voce lesse: "Articolo quarantadue: *tutte le persone più alte di un chilometro devono abbandonare l'aula*".

Tutti guardarono Alice.

"Non sono mica alta un chilometro, io", obiettò lei.

"Sì, invece", disse il Re.

"A occhio anche due", disse la Regina.

"Beh, io non me ne vado", dichiarò Alice. "E poi quell'articolo non esiste: ve lo siete inventato di sana pianta."

"Ma se è l'articolo più antico del codice", disse il Re.

"Allora dovrebbe essere il numero uno", disse Alice.

Il Re impallidì e chiuse di scatto il taccuino. "La giuria pronunci il verdetto", ordinò quindi con voce sommessa e tremante.

"Prego, Maestà, ci sono altre prove da esaminare", disse il Coniglio Bianco zompando in piedi di scatto. "È appena arrivato questo documento."

"Che cosa c'è scritto?" chiese la Regina.

"Ehm, non l'ho ancora aperto", rispose il Coniglio Bianco, "ma si direbbe una lettera scritta dall'imputato a... qualcuno".

"Dev'essere così", disse il Re. "A meno che non sia stata scritta a nessuno, il che sarebbe piuttosto inusuale, no?"

"A chi è indirizzata?" chiese uno dei giurati.

"Non c'è indirizzo", disse il Coniglio. "Fuori non c'è scritto assolutamente niente." Mentre parlava spiegò il foglio e aggiunse: "Anzi, non è neanche una lettera: è una poesia".

"La calligrafia è dell'imputato?" chiese un altro giurato.

"In effetti no", disse il Coniglio, "ed è questa la cosa più strana." (La giuria si rabbuiò.)

"Avrà imitato quella di qualcun altro", disse il Re. (La giuria si rasserenò.)

"Con licenza di Vostra Maestà", disse il Fante, "non l'ho scritta io, e nessuno può provare il contrario. Non è nemmeno firmata".

"Se non l'hai firmata", disse il Re, "è anche peggio. Dovevi certo avere cattive intenzioni, altrimenti l'avresti sottoscritta, come farebbe qualsiasi persona perbene".

La frase fu seguita da uno scroscio di applausi: era la prima cosa sensata che il Re avesse detto fino a quel momento.

"Il che dimostra la sua colpevolezza", sentenziò la Regina.

"Non dimostra proprio un bel niente!" saltò su Alice. "Non sappiamo neanche di che cosa parla la poesia!"

"Leggila", ordinò il Re.

Il Coniglio Bianco inforcò gli occhiali e chiese

rispettosamente: "Da dove inizio, Maestà?"

"Inizia dall'inizio", disse il Re in tono solenne, "e prosegui fino alla fine. A quel punto fermati".

Ecco la poesia che lesse il Coniglio Bianco:

"A trovarla sei andato, così mi han detto
e di me con lui hai parlato, maledetto;
grandi elogi lei mi ha tributato,
anche se a nuotare non ho mai imparato.

Lui sostiene che no, non mi ha visto
(e noi sappiam che è la verità),
ma se lei, testarda, insiste
quale sorte crudele ti toccherà?

Una lei, due lui ne hanno avute,
a noi tre, o di più, tu ne hai date,
tutte quante a te son tornate,
eppur mie un dì erano state.

Se io o lei, va' a saperlo,
ci trovassimo infine immischiati,
su di te conta lui per liberarle,
proprio come anche noi lo siam stati.
Sai che sempre ti ho considerato,
(prima che lei si inalberasse)
un intralcio scomodo e odiato
tra lui stesso, noialtri ed esse.

Che lei le preferisse, non farlo sapere,
tra noi due, beninteso, deve rimanere,
il segreto qui inconfessato,
a nessuno giammai rivelato."

"Questa è indubbiamente la prova più schiacciante raccolta finora", disse il Re fregandosi le mani. "E adesso lasciamo che la giuria..."

"Se per caso qualcuno di loro è in grado di spiegarmeli", disse Alice (negli ultimi minuti era cresciuta così tanto che non aveva il minimo timore di interromperlo), "gli darò un soldino d'oro. Io non ci trovo neanche un briciolo di senso in questi versi".

I giurati scrissero sulle loro lavagnette: "Non ci trova un briciolo di senso in questi versi", ma nessuno si azzardò a spiegare la poesia.

"Se non ha senso", disse il Re, "tanto meglio: ci risparmiamo la fatica di cercarne uno. Per quanto..." continuò spiegandosi il foglio sulle ginocchia e sbirciandolo con un occhio solo, "... mi pare che un qualche senso ce l'abbia. Qui dice: *a nuotare non ho mai imparato*. Tu non sai nuotare, vero?" chiese rivolto al Fante.

Il Fante scosse mestamente la testa. "Sembro uno che sa nuotare?" disse. (In effetti, essendo fatto di cartoncino...)

"Dunque, fin qui ci siamo", disse il Re. Poi, borbottando tra sé: "*E noi sappiam che è la verità*... si riferisce al verdetto della giuria, ovviamente... *una lei, due lui ne hanno avute*... ecco dove sono finite le crostate..."

"Ma poi dice *tutte quante a te son tornate*", osservò Alice.

"Infatti, eccole lì!" disse il Re in tono trionfante, indicando le crostatine sul tavolo. "Su *questo* non si discute. Poi però dice: *prima che lei si inalberasse.* Tu non ti sei mai inalberata, vero, mia cara?" chiese alla Regina.

"Mai!" tuonò quella, centrando con un calamaio il Lucertolino. (E lui, che aveva smesso di scrivere con il dito, perché tanto sulla lavagnetta non restava traccia, ci si rimise subito

di buona lena usando, finché durò, l'inchiostro che gli colava sulla faccia.)

"Allora possiamo piantarla qui", disse il Re, guardandosi intorno con un sorrisetto compiaciuto. Silenzio assoluto.

"È un gioco di parole!" sbottò lui risentito, e tutti scoppiarono a ridere. "Che la giuria pronunci il verdetto", disse quindi, per la ventesima volta o giù di lì.

"No, no!" si oppose la Regina. "Prima la sentenza, *poi* il verdetto!"

"Che razza di stupidata!" esclamò Alice a voce alta. "Come si fa a emettere la sentenza prima del verdetto?"

"Chiudi il becco!" la redarguì la Regina.

"Chiudilo tu!" ribatté Alice.

"Tagliatele la testa!" strillò la Regina con quanto

fiato aveva in corpo. Nessuno si mosse.

"A chi credete di far paura?" disse Alice (che nel frattempo era tornata della sua statura normale). "Siete solo un mazzo di carte!"

A quelle parole, tutte le carte si alzarono in volo e le piombarono addosso. Ad Alice sfuggì un grido, un po' per la rabbia e un po' per la paura, e cercò di cacciarle via con le mani, quand'ecco che si ritrovò sdraiata in riva al fiume con la testa appoggiata in grembo alla sorella, intenta a toglierle con delicatezza dalla faccia alcune foglie cadute dagli alberi.

"Svegliati, Alice cara!" le disse ora. "Accidenti, quanto hai dormito!"

"Oh, sapessi che strano sogno ho fatto", rispose Alice e, per quanto la memoria glielo consentiva, cominciò a raccontarle le

"Siete solo un mazzo di carte!"

meravigliose avventure che avete appena letto.
Quand'ebbe finito, la sorella le diede un bacio e disse: "Davvero uno strano sogno, sorellina. Adesso però corri a fare merenda: è già tardi". Alice allora si alzò e corse via, continuando a ripensare a quel sogno meraviglioso.

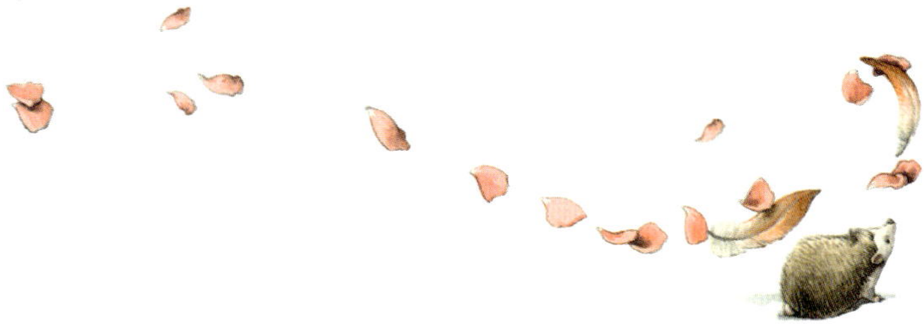

La sorella, invece, restò seduta, con la testa appoggiata al palmo della mano, ammirando il tramonto e pensando alla piccola Alice e alle sue meravigliose avventure, finché non cominciò anche lei a fantasticare... ed ecco cosa sognò.

Prima le apparve la piccola Alice in persona: le manine strette intorno alle ginocchia, la scrutava con gli occhi accesi di curiosità. Di nuovo udì le inflessioni della sua voce e rivide il gesto buffo e vezzoso con cui gettava indietro la testa per scostare la ciocca ribelle che le ricadeva in continuazione sulla fronte... e mentre la ascoltava, o così le sembrava di fare, lo spazio tutt'intorno si animava delle strane creature sognate dalla sorellina.

L'erba alta frusciò ai suoi piedi al passaggio frettoloso del Coniglio Bianco… il Topo spaventato sguazzava nello stagno lì vicino… udì il tintinnio delle tazze della Lepre Marzolina e dei suoi amici che non la finivano più di prendere il tè, e la voce stridula della Regina che ordinava di giustiziare i suoi disgraziati ospiti… il porcellino starnutì di nuovo in braccio alla Duchessa mentre piatti e piattini finivano in mille pezzi… e ancora una volta i versi del Grifone, lo stridere del gessetto del Lucertolino e gli applausi sedati dei porcellini d'India riecheggiarono nell'aria, insieme ai singhiozzi lontani della povera Similtartaruga.

Immobile, con gli occhi chiusi, ebbe quasi l'impressione di trovarsi anche lei nel Paese delle

Meraviglie, pur sapendo che le sarebbe bastato riaprirli e tutto sarebbe ripiombato nella banale realtà... l'erba avrebbe frusciato solo a causa del vento e lo stagno si sarebbe increspato allo stormire delle canne, il tintinnio delle tazze da tè sarebbe tornato quello dei sonagli delle pecore e gli strilli acuti della Regina quelli del pastorello... gli starnuti del neonato, i versi del Grifone e tutti gli altri strani rumori si sarebbero fusi nel clamore indistinto della vita della fattoria, mentre i muggiti delle mandrie in lontananza avrebbero sostituito i singhiozzi disperati della Similtartaruga.

Infine immaginò la sua sorellina da grande, ormai una donna fatta, conservare lo stesso cuore puro e amorevole dell'infanzia anche negli anni della maturità e radunare attorno a sé altri bambini, facendo brillare di curiosità i loro occhi con mille racconti meravigliosi, forse anche di quel sogno nel Paese delle Meraviglie di tanto tempo prima; e immaginò, ancora, che ne avrebbe condiviso tutti i dispiaceri e le gioie più semplici, mentre con la memoria riandava alla sua fanciullezza e ai bei giorni d'estate.

FINE

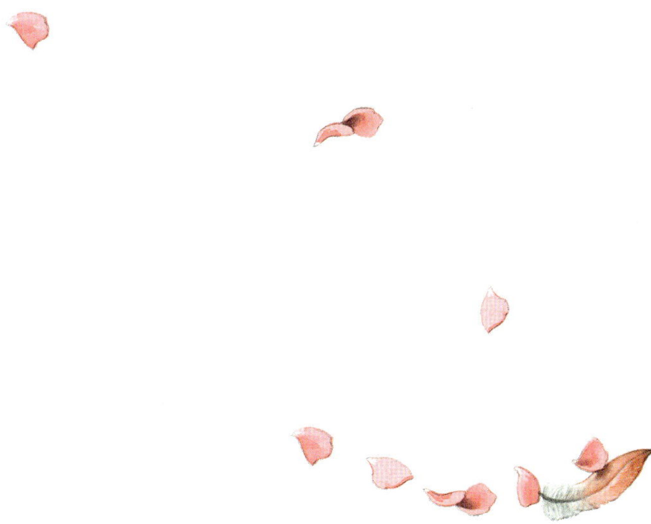

Lewis Carroll

Charles Lutwidge Dodgson

Le avventure di Alice nel Paese delle Meraviglie è uno dei libri più famosi di tutti i tempi. L'autore, Charles Lutwidge Dodgson, nacque nel 1832 a Daresbury, nel Cheshire, in Inghilterra. Quando iniziò a scrivere per l'infanzia scelse lo pseudonimo Lewis Carroll, traducendo il nome prima in latino, "Carolus Lodovicus", quindi invertendo l'ordine delle parole e restituendo loro una sonorità inglese.

I suoi genitori, il reverendo Charles Dodgson e Frances Jane Lutwidge, ebbero in tutto undici figli: Charles era il terzo, nonché il maggiore tra i maschi. Quando compì dodici anni suo padre diventò parroco di Croft, un paese nello Yorkshire, e la famiglia dovette trasferirsi con lui. Croft era un luogo tranquillo, dove i bambini non avevano molti contatti con il mondo esterno e passavano tutto il tempo tra loro. Si divertivano a produrre riviste per famiglie, le *Rectory Magazines*, con poesie, racconti e illustrazioni. A fornire la maggior parte dei racconti era proprio Charles.

Bambino sveglissimo, Charles frequentò prima la Richmond School, nello Yorkshire, poi la Rugby School, nello Warwickshire. Sotto la guida del padre riuscì infine a entrare al Christ Church

College dell'Università di Oxford, dove studiò matematica e teologia. Nel 1854 si laureò con il massimo dei voti in matematica e ottenne una cattedra presso lo stesso College. Charles era affascinato dalla logica, dai giochi e dagli indovinelli ed era considerato da tutti i colleghi un brillante matematico.

L'insegnamento gli si confaceva, ma sognava anche di diventare famoso come scrittore. Oltre ai testi scientifici pubblicati sotto il vero nome di Charles Lutwidge Dodgson, però, scriveva anche saggi, poesie, pamphlet politici e racconti brevi sotto lo pseudonimo di Lewis Carroll. Alcuni di questi comparvero su riviste molto diffuse, come *The Train* e *The Comic Times.*

Charles era anche un fotografo provetto e partecipava alla mostra annuale della Photographic

Society di Londra. La sua specialità erano i ritratti di adulti e bambini e fotografò molte personalità famose, tra cui l'attrice Ellen Terry, il poeta Alfred Tennyson, il pittore John Everett Millais e il poeta e artista Dante Gabriel Rossetti. Essendo cresciuto in mezzo a tante sorelle e fratelli, Charles ci sapeva davvero fare con i bambini e riusciva a intrattenerli facilmente con le sue storie. I bambini erano anche i soggetti di alcune delle sue fotografie più apprezzate.

Henry Liddell, amico e collega del Christ Church College, aveva tre figlie: Lorina, Edith e Alice. Charles si affezionò molto alle ragazze e insieme giocavano spesso a croquet, andavano a fare escursioni, mettevano in scena opere teatrali e spettacoli di marionette. Per loro Charles inventò numerose storie. Alice era particolarmente bella e intelligente, e ben presto diventò il suo soggetto fotografico preferito.

Un giorno presero una barca e andarono tutti e quattro a fare un picnic sulla riva del Tamigi, nei pressi di Oxford. Sorpresi da un acquazzone dovettero però mettersi al riparo, e Charles inventò per loro la storia di una bambina chiamata Alice che cadde nella tana di un coniglio. Era una storia così bella che la vera Alice lo pregò di scriverla. Lui lo fece, vi aggiunse altri racconti inventati per loro, illustrò il libro e lo

Charles Lutwidge Dodgson scattò questa foto quando Alice Liddell aveva circa sette anni.

regalò ad Alice con il titolo *Alice's Adventures Underground* (le avventure di Alice sottoterra). Quando alcuni suoi amici lo lessero, lo convinsero a darlo alle stampe, ma anziché utilizzare i propri disegni Charles si rivolse a John Tenniel, fumettista della rivista *Punch*. Il libro uscì per la prima volta nel 1865, per i tipi della Macmillan, con il titolo *Le avventure di Alice nel Paese delle Meraviglie*: ebbe immediatamente un enorme successo e fruttò a Charles la fama che aveva sempre desiderato.

Il seguito si intitolava *Attraverso lo specchio e Quel che Alice vi trovò*, che uscì nel 1871, sempre con le illustrazioni di John Tenniel. La nuova storia seguiva Alice dentro a uno specchio e in un altro mondo strano e avventuroso. Le vicende erano qui imperniate sulle partite a scacchi che Carroll giocava

Questa è l'illustrazione originale di Charles Lutwidge Dodgson della partita di croquet in *Alice's Adventures Underground.*

con le piccole Liddell, e comprendevano i personaggi, oggi amatissimi, di Tweedledum e Tweedledee (Tuidoldàm e Tuidoldì, o Pincopanco e Pancopinco), della Regina di Cuori e del Cavaliere Bianco, nonché la poesia del Tricheco e del Carpentiere (o Legnaiuolo, o Falegname) e il famoso *Jabberwocky*, filastrocca nonsense tradotta in tanti modi

(*Ciciarampa, Ciarlestroniana, Tartaglione*, ecc.) In seguito alla prima edizione, i libri di Alice sono stati ristampati incessantemente.

Carroll continuò a scrivere libri, fra questi il celebre poema *La caccia allo Snark* e un romanzo in due volumi intitolato *Sylvie e Bruno*, che però non ottenne mai il successo delle due *Alice*.

Nonostante la celebrità raggiunta come scrittore, fino al 1881 Carroll continuò a insegnare matematica al Christ Church College, e lì visse fino al 1898, quando a 65 anni morì di polmonite.

La vera Alice sposò un certo Reginald Hargreaves ed ebbe tre figli maschi. A un certo punto vendette la copia originale delle *Avventure di Alice nel Paese delle Meraviglie*, quella che

Charles Lutwidge Dodgson le aveva regalato, a un commerciante americano, e per tutta la vita ricevette moltissima attenzione e moltissime lettere dai fan, in quanto ispiratrice del famoso personaggio letterario. Nel 1932, ormai ottantenne, fu invitata dalla Columbia University di New York a una mostra in onore del centenario della nascita di Carroll e ricevette una laurea honoris causa. Morì due anni dopo. Nel 1948 la copia originale di *Alice* tornò nel Regno Unito ed è oggi esposta alla British Library di Londra.

Ringraziamenti

Per l'edizione italiana:

Traduzione di Anna Rusconi e Simona Mambrini

A cura di Loredana Riu e Louise Terallis

Progetto grafico di Nancy Leschnikoff

A cura di Fiona Patchett

Manipolazione digitale di Nick Wakeford
e John Russell